應用外語
37

100字
說 印尼語

BAHASA INDONESIA

Stuart Robson、Julian Millie ◆ 著

Katherine Davidsen ◆ 修訂

王耀仟 ◆ 譯

五南圖書出版公司 印行

目　錄

其他有用的短語　　　　　　　　　　　　　　85

中國

緬甸

寮國

泰國

越南

柬埔寨

新加坡

馬來西亞

汶萊

菲律賓

棉蘭

蘇門答臘

巨港

婆羅洲

(加里曼丹)

巴里巴伴

萬隆

雅買加

爪哇

泗水

錫江

曾母暗沙

登巴薩

峇里島

松巴島

佛羅勒斯島

松巴哇

馬納多

蘇拉威西

布魯島

哈馬拉黑島

希蘭島

巴布亞

巴布亞紐幾內亞

東帝汶

印尼

澳大利亞

赤道

小小的一個語言，有著很長的故事！

　　大部分智力和教育程度普通的人們，在日常生活中只用得到五、六百個單字的詞彙，這是確定的事實。其原因，當然是因為僅用那些一樣的字或詞，並重新組合其順序，就可以表達很多種想法了。每增加一個新字或新詞，即可大量增加一個人所表達的想法之數量。另一個原因是，那些詞彙都是用來表達一些每天不斷重複的基本狀況的詞彙，大多數人有有限的詞彙，就夠生活所需。

　　這本小書的目的，就是要讓你的印尼語表達能力打好基礎。它會介紹一百個能夠以有限數量的組合方式重組成完整句子的詞彙。其他常見的詞彙也有列出來，以便在適當的場合中用這些常見詞彙來替換於已有的句子，你就能說出一千種事物了。還有，本書也有些小筆記，可以幫助你在真實的情境使用此語言。

　　印尼語的語序大約和英語一樣，沒有不定冠詞和定冠詞，沒有「to be」動詞，也沒有區別單數和複數用、或是改變動詞時態的複雜規則。因此，英語母語者應該會發現，用印尼語表達簡單的句型是不難的。

印尼語是印度尼西亞共和國的國家語言。印尼語這個語言，在印尼語裡叫做 **Bahasa Indonesia**，意思即是「印度尼西亞的語言」。印尼語是馬來語——東南亞一個歷史悠久的語言，屬於南島語系，遍布太平洋地區——的一種。

第二次世界大戰之前，當印尼還屬於荷屬東印度時，印尼民族主義領導者們察覺到以馬來語作為國家（他們稱為印度尼西亞）語言的優點，因為馬來語已經在那區域廣泛使用於貿易和管轄用途。

作為國家語言，全國的學校裡都普遍教授印尼語，從印尼的最東端到最西端都普遍使用。所以，無論你去哪裡，你都可以用到它。

但是印尼語不是印尼唯一使用的語言。其實，印尼的語言非常多——和住在那群島各個島上的族群一樣多。據估計，那裡有 241 個方言或民族語言。這些語言中，有些是非常龐大、重要的，像是爪哇語（在爪哇島上使用），大約有一億人使用。所以，如果你在印尼的某個省份，發現自己聽不懂他們在說什麼，很有可能他們是在說他們自己的、當地的家鄉語言，而不是印尼語。

很明顯，印尼語是統一印尼的要素。那就是它在各地廣泛教授的原因，而政府還因此提倡印尼語「良好的、正確的」使用方法。印尼語是印尼各區域人溝通的唯一方法，顯然也是印尼人和外國人溝通的方法。

在殖民時期，荷蘭文是精英使用的。然而，很多荷蘭詞彙進入了印尼語裡面。如今，我們可以看到印尼語裡有來自英文的借詞，但是請不要期望他們可以講出超過幾個簡單詞彙的英文（特別是在大都市以外）——你試著用印尼語會比較好。只要你說出了一些印尼語短語，人們都會為你的努力感到很開心，稱讚你：Lancar Sekali!「非常流利！」

印尼語是個既靈活又發展得好的一個現代語言。它可以在金融商業、科學、法律和教育等任何技術性的場合上使用。它有獨特的聲音：既通順又柔和，暢快的流動著，沒有很重的重音——每個音節都隨著其他音節滾滾流，好似溪流。

馬來西亞的國家語言——馬來語，基本上和印尼語是同一個語言，但是其中詞彙的差異太多了，所以，最好不要把它們當作是同樣的。其差異遠超過於英式和美式英語的差異。馬來語在某些地區算是方言，例如：蘇門答臘和婆羅洲部分地區，但是這幾種都不一定和印尼語一模一樣。

作為一個國家的、標準的語言，印尼語有的是腔調，而不是方言（印尼語不同地區的變化）。從一個地方到另一個地方都有發音上的不同，因為受到在地語言（方言）的影響：比如說，你聽一個人的口音就可以分辨他來自峇里島或爪哇島。

然而，雅加達又是另一回事了。那裡的本地語言是馬來語的一種，有時叫做 Bahasa Jakarta（雅加達的語言）或者是 dialék Jakarta（雅加達的

方言）。這是個很快、很活潑、很不正式的語言，在首都裡的每個人都說這個語言，用於每日溝通（但是平常不寫）。這個語言在十九世紀成立，也代表了多民族的使用，不止包括「本土人」，華人和歐洲人，甚至混血後裔，在商業場合、家庭裡和地方政府也不例外。所以，雅加達的語言可不能和在學校裡教的、媒體上使用的印尼語劃上等號。人們說什麼是要看情況的：正式或非正式。看情況調整用詞和語氣——說話的人從多種可能性中做選擇。即使是英語也是一樣，俚語不適用於正式場合，在家裡或和朋友出去也不需要講得像舉行典禮。學習印尼語的人應該要知道其不同的地方。

這本書裡使用的語言

正如上述，在正式和非正式場合裡，印尼人會使用不同形式的印尼語。這本書的意旨是要讓你以最快的時間學會講印尼語。因此，此書裡看到的語言偏向印尼語口語形式。這有兩個後果：

第一，我們介紹給你的有些詞是口語中很常見的，但是在正式印尼語裡不使用。例如：lagi（做一件事的過程中）和 dikasih（被給）在正式印尼語中是 sedang 和 diberi。然而，我們避免使用俚語，所以請不用擔心惹怒任何人！Lagi 和 dikasih 在正式通信或正式演講等使用正式語言的場合是見不到的。

第二，書本裡可見的句子是以簡略為考量而造的。印尼語口語比書面語簡略。英語裡需要「你」或「我們」等代名詞的句子裡，如印尼語不需要我們都省略了，說話時究竟是在指哪個人看前後關係就清楚了。此外，印尼語裡有用音調來表意。印尼語裡是有表明說的話是疑問句的詞，但是這本書裡，我們省略了它，而鼓勵你使用不同的音調，比如說你在問問題時，用上升音。

用印尼語造句

　　每個語言都有其串連詞來造句的獨特方法。有些語言裡，加入（或減少）某個詞，或是在某些地方加上重音是必要的，但是有些語言則用不一樣的方式處理同樣情形。請不要認為其他語言在發音上和結構上，和你自己的語言是一樣的。每個語言都有不同的表達方式。

　　為了學會一個語言，你不需要學會大量的詞彙；這就是這本書的基本原則。事實上，這裡的學習方式是為你呈現每章節**十個基本詞彙**，將它們用於不同情況，然後加以解釋。注意詞序重複的方式；知道了這些，可以幫助你用別的詞彙來造句。再加上本書最後一部分的詞彙表，你就可以表達一千種事物了。

　　印尼語發音不難。畢竟，它沒有聲調，和泰語、越南語和中文不一樣。所以，沒有理由學不會。印尼語用的是羅馬字母，而它的拼音系統是既固定又好猜的。我們只需要記下什麼字母代表什麼聲音就可以了。

母 音

　　母音有：*a*、*e*、*i*、*o*、*u*。

　　a 母音一直都是「*ha!*」裡面所見的短音——而不是英文 *ay*，也不是 *cat* 裡的 *a*。（譯者注：發音像注音符號ㄚ）

　　e 母音多數是英文 *open*、*broken* 中的短音 *e*（譯者注：發音像注音符號ㄜ）；但是少數情況是不一樣的，像 *egg* 中的 *e*（譯者注：發音像注音符號ㄝ）。平時是無法分辨這兩個發音的，但是這本書裡第二種 *e* 的發音有加上了尖音符 *é*。

　　i 母音尖而短，像 *fit* 中的聲音。（譯者注：發音像注音符號ㄧ）

　　o 母音像是 *sock* 中的 *o*。（譯者注：發音像注音符號ㄛ）

　　u 母音像 *pull* 中的 *u*，或 *foot* 中的 *oo*，但不是 *food* 中的長音。（譯者注：發音像注音符號ㄨ）

把一個詞分音節，然後加上其用法是有幫助的，例如：ha-us「口渴」；da-é-rah「地區」。

子　音

如同於英語，只不過有以下這些例外：

c 一直是英語 *child* 的 *ch* 音，而不是 *cat* 中的音。（譯者注：發音像注音符號ㄓ偏ㄗ音）

g 一直是「硬的」像 *gate*，而不是「軟的」*j* 聲，像 *germ*。

h 一直是發聲的，例如：sudah「已經」，或 Tuhan「神」。（譯者注：發音像臺灣ㄏ的發音，而非北京之後舌音。）

r 也一直是發聲的——要有輕彈舌。

字　母

就如你已經知道的，字母的名字和字母的發音不完全相同。還有，印尼語每個字母的名字也和英語**不一樣**——它們源自荷蘭語。知道它們的發音是挺重要的，比如說，當你需要拼出你的名字的時候。以下是個約略的發音指南：

A	ah（譯者注：發音像注音符號ㄚ）
B	bé
C	ché（譯者注：發音像揭）
D	dé
E	é（譯者注：發音像注音符號ㄝ）
F	éf
G	gé（硬的！）

H	ha（譯者注：發音像哈）
I	ee（譯者注：發音像注音符號ㄧ）
J	jé
K	ka（譯者注：發音像嘎）
L	él
M	ém
N	én
O	oh（譯者注：發音像注音符號ㄛ）
P	pé
Q	ki
R	air
S	és
T	té（譯者注：發音像爹）
U	oo（譯者注：發音像注音符號ㄨ）
V	fé（譯者注：發音像飛）
W	wé（譯者注：發音像威）
X	éks
Y	yé（譯者注：發音像耶）
Z	sét

最需要注意的字母是 A（ah）和 R（air──r 要發聲！），E（é）和 I（ee），因爲它們很容易混淆；還有 H（ha）和 K（ka）。

有些字母，像 Q、V、X 和 Z，在印尼語裡是很罕見的，且只在借詞中找得到。

單字 1-100

1　SELAMAT（問候用的詞）字面意思：平安，安好，好。

Selamat pagi! 早安！（直到上午 10：30）

Selamat siang! 午安！
適用於白天任何時間，特別是上午 10：30 到下午。

Selamat soré! 下午好！
適用於下午至日落。注意發音：soré。é 音像英文「pet」中 e 的發音。

Selamat malam! 晚上好！

Selamat makan! 開動了！

Selamat jalan! 一路順風！

Selamat tidur! 晚安！（睡覺）
由此可見，selamat 一詞是一般用於祝好的。隨時用它，人們會很開心。

2　APA？什麼？

Apa?（你說）什麼？

Apa kabar? 你好嗎？
字面意思：「什麼消息？」

Mau minum apa, Bu?（女士，）想喝什麼？
英語裡，你會發現「what」是放在句首的，在中文和印尼語裡，「什麼」
跟 apa 一樣，是放在動詞後面的。

Mau makan apa, Pak?（先生，）想吃什麼？

Ada apa, Bu/Pak? 怎麼了，女士／先生？什麼事？

Apa (Bahasa) Indonesianya "stomach-ache?"
「Stomach-ache」印尼語怎麼說？

你可以用任何英文語詞來替換「stomach-ache」，以便詢問對應的印尼語。

3　INI 這

Ini apa? / Apa ini? 這是什麼？
兩句的意思是一樣的，但是重音不同：重音是句子裡的第一個字。

Ini durian. 這是榴槤。
你會常常見到像上面的句子一樣句型簡單的句子。注意，印尼語不需要中文的「是」——句子裡沒有「是」也夠清楚了。

Ini kamar anda. 這是您的房間。

Durian ini mahal. 這榴槤很貴。

Hari ini. 今天。
字面意思：「這天」。

4　ITU 那

Itu apa? / Apa itu? 那是什麼？
意思是一樣的，但是重音不同：重音是句子裡的第一個字。

Itu siapa? 那是誰？
印尼語裡，我們說：「那誰？」

Itu isteri saya. 那是我妻子。
字面意思是：「那妻子我的。」；印尼語裡，所擁有的人或物放在前面，然後擁有的那個人放在後面。只是詞彙放置的順序就可以表達擁有。

Itu mahal. 那很貴。

Itu murah. 那很便宜。

5 ADA 有，在

Ada kamar? 有房間嗎？

在印尼語裡，你很快就會發現疑問句不是用文法來表示的，而是用音調。在這個例子中，疑問句是在句尾使用一個提高的、疑問似的音調。一樣的句子，用不一樣的音調，就表示肯定句。

Ada kamar. 有房間。

Pak Tirto ada? Tirto 先生在嗎？

所以 **ada** 也可以是「在」的意思。

Pak Tirto ada di rumah? Tirto 先生在家嗎？

Ada. 在。

Tidak ada. 不在。

Ada bir? 有啤酒嗎？

所以 **ada** 也可以是「擁有」的意思。

Ada. 有。

6 IBU 母親，成熟女性，女士，太太

Ibu saya. 我母親。

Ibu itu. 那位女士。

Ibu ada? 請問您母親／夫人在嗎？

你會很常用到 Ibu 和 Bapak 兩個字。這兩個字常常簡略成 Bu 和 Pak。Ibu 應該使用於稱呼比你年長的女性，或是不認識的女性。比較年輕的女性可用 Mbak 稱呼，但是如果和不認識的年輕女性說話時，稱呼 Ibu 也沒有錯。

Apa kabar, ibu? 您好嗎，女士？

Ibu sudah makan? 女士，吃了嗎？

Ibu 和 Bapak 後面可以加名字。叫人不先稱呼 Ibu 或 Bapak 而直接叫名字是很不禮貌的，除非你在和很熟的人說話。

Ibu Sri. Sri 女士。

Ibu Hasan sudah makan. Hasan 太太已經吃過飯了。

Ibu 和 Bapak 和日常使用的名字一起用，而不像英文一樣和姓氏一起用。

7　BAPAK 父親，成熟男性，先生

Pak Hasan. Hasan 先生。

Pak Hasan sudah makan. Hasan 先生已經吃過飯了。

Mau ke mana, Pak? 先生，要去哪裡？

首先要習慣的是，印尼語裡多稱呼 Ibu 或 Bapak，或直呼人名，而少用「你」等稱呼。印尼語母語者盡量避免使用印尼語中的「你」。試著用 Ibu 或 Bapak 來稱呼同年齡的人——這樣就不會搞錯！

Bapak sudah makan? 先生，吃了嗎？

Ini kamar Bapak. 這是先生您的房間。

Pak Hasan ada kamar? Hasan 先生，有房間嗎？

8　LAGI 正在，還在，在（用來表達現在進行式）

Lagi apa, Bu? 女士，在做什麼？

Lagi apa, Pak? 先生，在做什麼？

Lagi makan. 正在吃東西。

Pak Hasan lagi makan. Hasan 先生正在吃東西。

Bu Tirto lagi sibuk. Tirto 女士正在忙。

Pak Tirto lagi keluar. Tirto 先生不在／出門了／在外面。

Lagi 還有另外一個意思,就是「多一點」或「再來」。

9 SUDAH 已經,了,好了

Pak Tirto sudah pulang. Tirto 先生(已經)回家了。

Anaknya sudah tidur. 孩子(已經)睡了。

Sudah siap? 準備好了嗎?

Sudah. 好了。

Sudah soré 很晚了。(下午)

Sudah malam. 很晚了。(晚上)

印尼語的動詞不需要變化來表達時態。Sudah 一字的存在就替代了詞彙變動,表示一件事已經完成了或結束了。Sudah 可以翻譯成「已經」,表示一件事完成了,或是已經成了某種情況。這可以翻譯成英語的完成時態,「has/have …-ed.」。另外一個類似的字是 belum「還沒」:

Sudah makan? 吃了嗎?

Belum. 還沒。

你會發現,belum 用來結束一個疑問句是很有用的:

Pak Hasan sudah datang, (atau) belum? Hasan 先生來了沒有?

Sudah makan, belum? 吃了沒有?

10 MINTA 請求,討

Minta tolong, Pak. 先生,請幫幫忙。

Minta informasi, Pak. 先生,請問。

Minta 一字平常是「討」的意思,但也可以指「請你給我」,或「我要」。這是個又有禮貌又有用的字。

飲　食

　　大多數人都喜歡印尼料理。但是要小心辣椒！那些小小的綠色辣椒是最辣的——pedas sekali（「非常辣！」）。紅色的辣椒油（sambal）裝在小瓶子裡——試一點點好了，為了打亮你的生活。

　　你要點什麼呢？在餐館（rumah makan，在比較高檔的場合上叫 restoran）裡你能找到菜單（daftar makanan），而在小吃攤（warung）裡應該找不到。（前者可能比較乾淨。）任何有 goréng 字眼出現的食物是「炸」或「炒」的，例如：nasi goréng「炒飯」。

　　Nasi 指的是烹飪過的飯（例如：蒸）；那是印尼的主食。幾乎所有其他菜色都和 nasi 一起吃。有些印尼人說如果一天中沒吃到一頓飯，就等於什麼都沒吃！所以點任何食物時，也要叫 nasi putih「白飯」，除了如果你點的是麵條類或炒飯之外。你的炒飯裡會有各種好吃的東西，像是雞塊，而且要趁熱吃。

　　一些好提示：

➤ 如果有 saté 的話，叫大概十支左右。有可能是雞肉（ayam）或羊肉（kambing），但在穆斯林地區不會有豬肉（babi）。任何豬肉都不太可能吃得到，因為豬（像狗一樣）被當作是不潔的。然而，在峇里島就常有人吃豬肉。

➤ 我會建議 gado-gado，混合的水煮青菜，像是白菜、胡蘿蔔和豆芽，加上美味的花生醬——énak sekali（「真好吃！」）。

➤ 如果有 nasi goréng istiméwa 的話，這表示（炒飯裡）會有整顆煎蛋加進去。

　　你要喝什麼呢？拿不定主意的話，就選煮過的。最基本的是 téh manis「甜茶」，用玻璃杯裝，配上端正的杯墊和蓋子。有時候，茶裡面

已經加糖了；所以如果你要無糖的茶，你應該要點 téh pahit（字面意思：苦茶）（譯者注：也叫做 téh tawar，意思是淡茶）。如果你要的是橘子汁，叫 air jeruk。如果你要的是白開水，叫 air putih。

話說，印尼人對他們的水果感到非常驕傲。不論走到哪裡，他們都會問你：「你有沒有試過……？」，指的是當地生產的品種。所以，試著記得那些名字，然後去試試那些水果，你就會發現有很多是很好吃的（包括味道特別重的榴槤 durian）。

點餐、結帳的方式大致上在每個地方都是一樣的，除了一點例外：rumah makan Padang（巴東餐館）。這種餐館裡招待的是很有特色的辣味蘇門答臘西部料理。服務生會「不請自來」的在餐桌上堆起很多道菜。你直接從那些盤碗上拿菜吃，用餐後，服務生會把你所吃的食物全部加起來然後告訴你價格。

所以，Selamat makan! 去吧，享受你的美食……

11　MAAF（發音是 ma-af）對不起，不好意思

Maaf 用在你可能做錯事時請求原諒，是很有用的。

Maaf, Pak! 先生，對不起！

Maaf, Ibu! 女士，對不起！

Maaf, belum jelas. 對不起，我還不清楚。
字面意思是「還不清楚」。

Maaf, Pak, ini apa? 不好意思，先生，這是什麼？

Maaf, Ibu, sekali lagi? 不好意思，女士，可以再說一遍嗎？
字面意思是「再來一次」。

Maaf, siapa nama Bapak? 不好意思，請問先生您的名字是？
在問某人名字時，不能用 apa，而應該用 siapa「誰」，見上例。

12　PERMISI 不好意思

Permisi, Pak, boléh léwat? 不好意思，先生，借我過一下。
字面意思是「可以過一過嗎」。

13　SILAKAN, SILAHKAN 請，來吧，請吧
（譯者注：標準寫法為 Silakan，Silahkan 是不標準的習慣念法，很多人這樣念）

這個詞通常和一個手勢一起用，像是在英語裡說「after you」的時候一樣。

Silakan. 請。請吧。

Silakan duduk! 請坐！

Silakan masuk! 請進！

Silakan makan! 吃吧！

英語中只用「please」就可以表達的情形，在印尼語裡需要幾個詞中的其中一個。當我們需要幫助，或是為自己的利益問一個問題時，我們用 tolong（字面意思：「幫忙」）或 minta（字面意思：「請求」）。但是，當我們在請別人為他們的利益來做一件事的話，我們一定要用 silakan，正如上例。

14　DI 在（＋地點）

Di Jakarta. 在雅加達。

Di Jalan Asem. 在 Asem 路。

Di kantor. 在公司。

Di depan kantor. 在公司前面。

Di lantai tiga. 在三樓。

下面三個地點單字，都是 s 字母開頭，三個是一組的。

Sini 是「這個地方，這裡」的意思。

Sana 是「那裡（看不到的地方）」的意思。

Situ 是「那裡（看得到的地方）」的意思。

Di sini. 在這裡。

Di sana. 在那裡。

Kita makan di sini. 我們在這裡吃。

Pak Hasan masih di sana. Hasan 先生還在那裡。

15　MANA？哪裡？

Di mana? 在哪裡？

Kita makan di mana? 我們在哪裡吃？

Tinggal di mana? 你住在哪裡？

Mau ke mana? 你要去哪裡？

在印尼，這是個很普遍的打招呼方式，有點像英語的「How are you?」和中文的「吃飽了沒？」。是為了製造社交接觸，而不是為了得到訊息。所以回答時給個模糊的答案也是沒問題的，像是 jalan-jalan「散散步，逛逛街」或 makan angin「兜兜風」。

Anda berasal dari mana? 您來自哪裡？

16 TIDAK 不

當有人送上你不想要的食物或飲料時，你可以簡單地用 Terima kasih, tidak 來拒絕。

Saya tidak mau. 我不要。

Tidak ada ... 我沒有……／沒有……

Tidak apa. 沒什麼。／沒關係。

Rumahnya tidak besar. 他的家不大。

Rumahnya tidak jauh. 他的家不遠。

在以上兩個例子裡，可見 -nya 字尾是緊貼著名詞 rumah。-nya 字尾的功用是表示第三人（單數、複數都算）擁有的東西。所以 mobilnya 就是「他的車」的意思，rasanya 就是「它的味道」的意思。

Mau makan, enggak? 要吃嗎？要不要吃？

在日常口語中，你常常會聽到人們用 enggak（gak 或 nggak）來表達 tidak。那是用來標示一個句子是個問句的詞，見上例。這是非正式印尼語的用例，是常常使用的語言，但是在書寫上和正式場合上是不容接受的。

17　KIRI/KANAN 左／右

Ke kiri. 往左。

印尼的交通是靠馬路的左邊行駛。如果你在小型巴士上 —— 叫做 angkot、kolt 或 bémo，要看你所在的地方 —— 旅行時，你一定要告訴司機，他才會在你想要的地點停車。如果有必要，你可以說：Kiri, Pak!（字面意思：「左！」，也就是「靠路邊」）。

Bélok kanan di sini, Pak. 先生，在這裡左轉。

Sebelah kanan. 右邊。

Langsung ke kiri! 立刻往左！

Terus! 繼續！

Lurus! 直走！

Setop di sini, Pak! 先生，在這裡停！

Di kiri jalan ada pasar. 在路的左側有市場。

印尼人也常用基點來指示方向：utara，北，所以我們可能 dari utara，「從北方」，或 ke utara，「往北」；一樣的原則適用於 selatan，南；timur，東；barat，西。

18　BERAPA 多少？／幾？

Ini berapa? 這個多少（錢）？

Ada berapa anak? 有幾個孩子？

Umur berapa? 幾歲？多大年紀？

Jam berapa? 幾點？

但是 Berapa jam? 的意思是「幾個小時？」。

Harganya berapa? 價錢多少？

Buah ini berapa harganya? 這個水果多少錢？

字面意思是「這個水果多少它的價錢？」當你不知道語序是否正確時，記得印尼語的語序平常有很大的靈活性的，能夠幫助你清楚表達訊息中的相關部分。上面兩個例子標準說法是 Berapa harganya? 和 Berapa harganya buah ini?

雖然印尼大零售店裡有標定價，但是在其他買賣場合，討價還價還是有的。對於一些外國人來說，討價還價不是件容易的事，所以要討價還價時要有心理準備的，特別是在你不知道你想買的東西合理的價格是多少時。關於討價還價的方法，有些人直接砍一半價格，然後慢慢往上加。有些人還故意砍得比半價還低呢！那就要看你了。

你應該會發現，注意你買東西的環境是很有用的。如果你在一個很多觀光客來買東西的地方，賣東西的人出價一定會出很高，不要猶豫，直接砍價——那些賣家可能都是在試探自己的運氣而已！還有，當你發現其他鄰近的店都在賣類似的東西時，那些產品應該是針對觀光客大量生產的，試試討價還價。另一方面，當你想要在一個你能看到高手製作產品的地方，購買高級手工品時，你也可以討價還價，但是價格會比較高。

19 | HARUS 一定／應該

Harus pakai bon dulu? 一定要先付錢嗎？（譯者注：字面意思是「要先用收據嗎？」「要先付錢嗎？」應該用「Harus bayar dulu, enggak?」才對。）

Harus! 一定要！

有些店裡，特別是小城鎮裡，你可能需要先付錢後，才用收據交換購買的物品，而不是直接在櫃臺交易。

Saya harus pulang dulu. 我得先回家了。／我得先回家一下。

Kamu harus sabar! 你應該耐心點！

Boléh tanya, Pak? 先生，請問？

字面意思：「可以請問一下嗎，先生？」

Boléh saja. 當然可以。

Boléh tawar? 可以討價還價嗎？

Boléh makan dulu? 可以先吃嗎？

Boléh. 可以。

Tidak boléh masuk. 不准進入。

公衆場合的禮儀

在每個地方，有些習俗是需要注意的。不用說，觀察別人的行爲，比起讀這篇文章還要有效於認識當地習俗！這些禮儀很多都是在一些人——像是老年人，需要受到某些形式上的尊重的觀念上出現的。所以，試著認出這些人吧。

吃東西或拿東西給別人的時候，最好用右手。輕輕地用右手握手，一邊微笑和微鞠躬，是對陌生人很有禮貌的招呼，雖然如此，握手在異性間比較少用。微鞠躬，手掌在胸前觸碰，在異性間互相介紹時是很有禮貌的。

頭是身體最高的部位，所以不可以觸碰別人的頭；撥弄別人的頭髮表示親密是不好的行爲。

當你見到一個你想表示尊敬的人時，像是老人，最好不要站得高過他的頭。如果不可能，試著不要比他高，就在要經過他的時候稍稍鞠躬或彎腰。如果要越過某人的頭，例如傳遞東西，先請求許可：Permisi ...。

作爲一般規則，在走過坐著的人前面時，不要筆直走著，稍稍彎腰，是很有禮貌的。

同樣的，腳是人身上最低的部位。用腳觸碰或指向別人或別人的東西是不禮貌的。坐著的時候，腳不可以太顯著。

雖然印尼是個熱帶國家，但是手和腳常常都是蓋住的，可是這在不同地區，不同場合會有不同。當你在家門外時，腳應該要蓋住。男的女的都一樣，可是在觀光區就不太重要；那裡的人比較習慣穿著的多樣性。平時，穆斯林女性在公衆場合都會掩蓋腳和上臂，所以這可以當作是女性一般禮貌的穿著。去清眞寺時，掩蓋手臂和腳是很重要的，而女性應該蓋住頭。

當你拜訪某人的家時，你會進入客廳，可能有一張茶几和幾把椅子。你應該坐在最靠近前門的那把椅子上，面向屋內（直到受到入內的邀

請），因為這是「最低」的地方──最謙卑的地方。主人會走出來，坐在面向大門的位子上。如果是坐在地上的話，那裡應該會有墊子，你一定要脫鞋──不可以穿著鞋踩踏墊子或地毯。

如果你在餐館裡或是其他地方，想要吸引某人的注意，你可以招手，但是記得，不可以把手舉太高，而且要把手指往下指，不是往上指，這點跟西方不同。當你需要指向一個人時，最好不要太直接；在爪哇島，人們認為用拇指或整隻手，比用食指更有禮貌。

在主人或其他受尊重的人還沒開始吃飯時，先不開始食用，也是禮貌的。另一方面，如果你約別人和你一起吃飯，他們會等你先開始吃！

＊譯者注：Belum pernah 是「不曾」的意思，在這個場合不應這樣用。若欲說「還不想吃」強力推薦直接說 Belum（還沒），或 Belum ingin（還不想）。

21　KAPAN 幾時？什麼時候？

Kapan berangkat? 什麼時候出發？／幾時出發？

Kapan datang? 什麼時候到達？／幾時到達？

Kapan ke sini lagi? 什麼時候再來？

英語的「when」可以指過去發生過的事，但是 kapan 不能用於過去。指過去的事，應該用 ketika 或 waktu：

Ketika dia datang... 當他來的時候……

Waktu mereka berangkat... 當他們出發的時候……

來到印尼的訪客會發現到他們常常受邀去某人家拜訪，即使他們才剛認識彼此！在印尼有個友善並且尊重客人的傳統，所以人們熱中邀請你逛逛、問問你國家的問題等等來顯示好客。這是個練習印尼語並學習有關印尼的一切的好機會。

然而，在你可能沒有時間去作客的時候，又不好意思拒絕，在這種情況下，你可以微笑著說 kapan-kapan。這是「有空的話」的意思，這就告訴那個人你這時候不能接受邀請。

22　TADI 剛才，剛剛

Tadi ada tamu. 剛才有客人。

Tadi malam... 昨晚……

Tadi siang... 剛剛……

你會發現，人們會常常用 siang 這個詞。Siang 指的是白天，如果有任何人和你約 siang 見面，他們指的是 pagi（早上）以後 soré（下午）以前的時段。

Tadi pagi... 今天早上……

23 NANTI 等一下，等會兒，一會兒（在不久的將來）

Bapak mau makan? 先生，要吃嗎？

Nanti saja. 等會兒好了。

Nanti kita makan di sana. 等一下我們在那裡吃。

Nanti malam. 今晚。（等下晚上）

Nanti soré. 這個下午。（等下下午）

24 DEPAN 下個（譯者注：Depan 也是前面的意思）

Minggu depan. 下個星期。

Tahun depan. 明年。（下一年）

25 YANG LALU 上個，過去的

Yang 這個詞等於英語裡的關係代名詞（who、which、that），或是中文的「的」。你會發現，yang 用在一個名詞加上性質是很有用的。所以，mobil yang baru 的意思是「新的車」，也就是「新車」。

Tahun yang lalu. 去年。

Bulan yang lalu. 上個月。（譯者注：習慣上說 Tahun lalu 和 bulan lalu）

26 AKAN 將，即將

Pagi ini kami akan (pergi) ke Borobudur. 今天早上我們要去婆羅浮屠。
注意動詞 pergi「去」可以加在這個句子裡，但是在日常對話上常常略掉。

Nanti soré akan hujan. 午後會下雨。

Bésok saya akan ke sana. 明天我會去那裡。

和英語相比，印尼語對話時表達時間點的方式（時態）比較注意事情即將
發生或已經發生的上下文。當你比較習慣印尼語之後，自然就學會。所以
不用擔心 akan、lagi 或 sudah 的用法，除非在你要表達的訊息中非用不
可時。

27 BERANGKAT 離開，出發

Kapan berangkat? 什麼時候出發？

Sudah berangkat? 出發了沒？

你會很快發現，對你所指的那個人，「你」或其他代名詞是不需要說的，
特別是在非正式場合。所以，上面兩個例子都沒有說清楚指的是誰；從上
下文就知道了。然而，如果你想對和你說話的那個人表示敬意，最好還是
加上 Bapak 或 Ibu。

Pak Hasan tadi berangkat. Hasan 先生剛出發。

Berangkat ke mana? 去哪裡？往哪裡去？

Minggu depan saya akan berangkat. 我下週出發。

28 PERNAH 曾經，有過

人們常常用這個詞來問類似 sudah（已經）的問題。

Pernah ke pasar? 你去過市場沒有？

Pernah. 去過了。

Saya pernah ke sana. 我去過那裡了。

然而，pernah 不適用於最近發生的事情，sudah 才是。Pernah 指的是
一件事情發生過沒有，和那件事剛剛發生或發生很久了無關。所以當你遇
到要介紹印尼料理給你的人時，你一定會見到這個詞的。

Pernah makan durian? 吃過榴槤沒有？

Belum pernah. 沒吃過。/ 沒有。

Dia tidak pernah bilang itu. 他沒說過那些。

29 MUNGKIN 可能

Mungkin. 可能吧。

Tidak mungkin! 不可能！

Mungkin juga. 很可能。

30 WAKTU 時間，時候

Sudah waktunya berhenti. 是停止的時候了。

Masih ada waktu. 還有時間。

Punya waktu? 有時間嗎？

Waktu itu, saya belum kawin. 那時候，我還沒有結婚。

Waktu itu, dia belum datang. 那時候，他還沒來。

Waktu 不是印尼語裡唯一的「時間」的字。當你要用「時間」來表示「發生」或「次數」，你應該用 kali，例如：satu kali「一次」，dua kali「兩次」等等。

時間和季節

一個星期裡的七天是：

hari Senin	星期一

你也可能聽到 Senen。

hari Selasa	星期二
hari Rabu	星期三

你也可能聽到 Rebo。

hari Kamis	星期四

你也可能聽到 Kemis。

hari Jumat	星期五
hari Sabtu	星期六
hari Minggu	星期天

請不要將這個「Minggu」和指「星期」的「minggu」混淆。

一年裡的十二個月是：

bulan Januari	一月
bulan Fébruari	二月

（有時候也叫 Pébruari）（譯者注：Pébruari 乃不標準發音，但是很多人會這樣念）

bulan Maret	三月
bulan April	四月
bulan Mei	五月

（發音是「May」）

bulan Juni	六月
bulan Juli	七月

bulan Agustus 　　　　　　八月

（小心拼法）

bulan Séptémber 　　　　九月

bulan Oktober 　　　　　十月

bulan Novémber 　　　　十一月

（有時候也叫 Nopémber）（譯者注：如 Nopémber，乃不標準
發音，但是很多人會這樣念）

bulan Désémber 　　　　十二月

　　如果你要說「在」某天或「在」某年，那你要用介詞 pada。（Di 只
用於實體或在實在的地方「在」，不適用於時間。）

　　例如：

Pada hari Sabtu. 　　　星期六（的時候）。/ 在星期六。

Pada tahun 2002. 　　二○○二年（的時候）。/ 在二○○二年。

　　印尼的紀年法可能會使人困惑，要看你在哪裡！最普遍的紀年法是西
元（A.D.），它用於整個歐洲，但是伊斯蘭年（A.H. Anno Hijrah）也有
人用，特別是穆斯林。報紙上除了記西元以外，也有穆斯林年。在峇里島
（一個印度教社會），還有另外一個紀年法：Saka 年，是印尼印度教時
期遺留下來的；加上 78 年就是西元年了。如果你能找到一個爪哇或峇里
的曆書的話，你會看到這些日曆多麼複雜又有趣。

　　簡單來說，印尼有兩個季節，雨季和乾季。他們叫做 musim hujan
（雨季），和 musim kering（乾季），也叫做 musim kemarau 或
musim panas。雨季開始於九月，一月最多雨，三月慢慢散去。四月到
九月期間，沒有雨，會非常乾燥。「中間期」裡，也就是四月左右或十月
左右，又黏又熱，風也很少。

然而，最近氣候變化已經使得天氣很難預測了。

下雨的那些月份是由於西方或西北方的風引起的。乾季則是東方或東南方的風引起的。如果有從澳洲吹過來的風（那時候澳洲是冬天），那乾季的晚上會出奇地涼快，所以要準備外套。除此之外，其他時候的溫度和溼度都一樣高。

要準備好！季節是你最常被問到的話題之一（另外一個是食物）。所以，如果有人問你你國家的季節，下列這些詞會很有用：

Musim panas	夏天（字面意思：熱的季節）
Musim gugur	秋天（字面意思：落葉的季節）
Musim dingin	冬天（字面意思：冷的季節）
Musim bunga 或	春天（字面意思：花開的季節）
musim semi	

31　BAGAIMANA 如何？怎麼樣？

Bagaimana rasanya? 味道如何？／味道怎麼樣？

Bagaimana kabarnya? 最近如何？
字面意思是「有什麼新聞？」

Bagaimana kalau kita berangkat pagi-pagi? 我們早早出發怎麼樣？
在非正式口語裡，bagaimana 可以縮短成 gimana。Gimana 有時用來
作非正式的問候，意思是：「（最近）怎麼樣？」，答覆是 Baik（「好」、
「不錯」）。

32　SEPERTI 好像，好似

Rasanya seperti nanas.
字面意思是「吃起來像鳳梨。」

Orang seperti itu... 那樣的人……／那種人……

Seperti orang Jawa... 像爪哇人……
在這個例子裡，你會發現 orang Jawa 的順序和英文、中文一樣的句子相
反。在印尼語裡，雖然有一些例外，但是修飾一個東西的詞都是放在那個
東西的後面。以下是一些例子：

Rumah besar. 大房子。

Orang asing. 外國人。

Orang Belanda. 荷蘭人。

Seperti biasa. 像平常一樣。

33 BAIK 好（用於抽象的事物；實體事物用 bagus）

Apa kabar? 最近如何？／你好嗎？

Baik-baik saja! 很好！

Baiklah! 好吧！（我同意，一起做吧！）

Dia orang baik. 他是個好人。

Baik 當作品質來看，它的反義詞是 buruk，意思是「壞、爛、汙穢」。

34 LEBIH 比較，較，更

用來表示比較性的形容詞（「-er、more」），例如：

Lebih besar. 更大。

Lebih baik. 更好。

Lebih énak. 更好吃。（譯者注：亦可以表示「更爽」）

Lebih banyak. 更多。

Lebih lama. 更久。

Lebih dulu. 更早以前。

Lebih lagi. 再更多。

35 PALING 最

這個詞用來表示最高級形容詞（「-est、most」），例如：

Paling baik. 最好。

Paling dekat. 最靠近。

Paling banyak. 最多。

Paling sedikit. 最少。

36 | TERLALU 太

Terlalu pedas! 太辣！
在英語裡，我們可以用「hot」來表示「溫度很熱」和「味道很辣」。印尼語裡不一樣！「辣」是 pedas，「溫度很熱」則是 panas。

Terlalu mahal. 太貴。

Terlalu jauh. 太遠。

Terlalu banyak. 太多。

Terlalu lama. 太久。

37 | SEKALI 好……，真，非常

注意，這個詞一直都是放在形容詞後面，和放在前面的 lebih、paling 和 terlalu 不一樣。

Panas sekali. 好熱喔。

Mahal sekali. 好貴。

Murah sekali! 好便宜！

Cocok sekali! 真合適！

Gedung itu besar sekali! 那棟建築好大！
在印尼語裡，你會發現一個人的性別不會顯現於代名詞或名詞中。一個人的性別通常從上下文就可以看出了。
你常常會遇到另一個「非常」的說法，就是 sangat，但是這要放在前面，例如：sangat berbahaya「非常危險」。區別很小。

38 | SEDIKIT 一點點，少

Sedikit saja. 只要一點點。/ 一點點好了。/ 一點點而已。

Anda makan sedikit saja. 你只吃一點點而已。

Minta tambah sedikit. 我要再加一點點。

Tambah 是「加」的意思。

Saya pusing sedikit. 我有點頭暈。

Pusing 是「頭暈」。

39　KURANG 少，不夠，不太

Umurnya kurang dari tujuh belas. 他的歲數少於十七。/ 他未滿十七歲。

Uangnya kurang. 錢不夠。

Kurang bersih. 不夠乾淨。

Kurang énak. 不夠好吃。

Saya kurang séhat. 我身體不太舒服。

在倒數三個例子裡，也可以使用 tidak。然而，kurang 和 tidak 的不同之處在於 kurang 比較弱，所以可以當作一個比較委婉、禮貌的，表達負面意思的方法。

40　LAIN 其他，別的，不一樣的（發音是 la-in）。

Lain hari! 別的日子！/ 改天！

Lain kali saja! 改天！/ 改次吧！

注意，在這裡 lain 放在其所解釋的名詞前面，但是在其他場合，則應該跟其他形容詞一樣放在解釋的詞後面。

Orang lain. 別人。
字面意思：另一個人。

Yang lain. 別的。/ 其他的。
Yang 是一個很常見的詞，意思是「的」。當我們要做選擇的時候，可以放在形容詞的前面──我們用 yang 來縮小我們喜歡、想要的東西的範圍。這樣，我們可以說 yang besar「大的」或 yang kecil「小的」。

Kita mencari yang lain! 我們找別的！

人稱代名詞

　　當我們用印尼語稱呼人的時候，要注意印尼語和英語的不一樣。在印尼語裡，用親屬關係的稱呼來稱呼別人，遠多過用「你」來稱呼別人。

　　當你想稱呼女性時，你可以用 Ibu，親屬關係中是「母親」或「女士」的意思。當然，在英語裡面你不可能說「Would Mrs. like a drink?」（女士想喝什麼嗎？）或「Would Mother like a drink?」（母親想喝什麼嗎？）（對於一個剛認識的人），但是在印尼語裡，說 Ibu mau minum? 是既禮貌又正確的。同樣的，英語裡不可能說出「Does Mr. wish to leave?」（先生想離開嗎？）或「Does Father wish to leave?」（父親想離開嗎？），但是印尼語正確的說法是 Bapak mau berangkat?

　　雖然如此，印尼語裡還是有代名詞的。以下列出了那些代名詞，還有其用法的標注。注意有些非正式的代名詞不要對不認識的人說，以免得罪別人。

我
非正式：aku
中性：-
正式：saya
當你對很熟的人或和你同年紀的人說話時，才可以用 aku。當你對年紀比較大的人說話時，用 saya。如果你不清楚誰的年紀大，用 saya 就可以了。

你
非正式：kamu
中性：anda
正式：saudara、Bapak 等
Kamu 適用於很熟的人；要不然就用
anda，或是親屬稱呼再加上那個人的名
字。

他、她、它
中性：dia
正式：beliau
「他、她、他們、她們」通常是不直接表達的，而是從上下文看出來的。
「它」或「他們」常直接用所知的東西表達；雖然會造成重複，但這樣比
較清楚。

咱們（包括在內）：kita
我們（不包括在內）：kami
咱們（包括在內）包括與你對話的那個人，
我們（不包括在內）則不包括那個人。

你們
非正式：kalian
正式：Bapak-bapak 等

他們：meréka
Meréka 只能用來指人。

印尼語裡，要把擁有一個東西的人放在所擁有的東西後面來表示擁有，但是 aku、kamu 和 dia 是用後綴 -ku、-mu 和 -nya 來表示擁有的。例如：rumahku「我的家」，mobilmu「你的車」，uangnya「他／她的錢。」

41　MAKAN 吃

Sudah makan? 吃了嗎？

Belum. 還沒。

Ayo kita makan! 我們來吃吧！

Mau makan apa? 要吃什麼？

Saya mau makan nasi goréng. 我要吃炒飯。

Kita makan di mana? 我們在哪裡吃？

42　MINUM 喝

Permisi/Maaf Pak, saya mau minum. 不好意思／對不起，先生，我想喝。

Mau minum apa? 想喝什麼？

Pernah minum es kelapa? 有喝過冰椰子水嗎？
印尼當然盛產水果，很多人都喝果汁，有時候和甜品還有巧克力混合著喝。Es jeruk，字面上是「冰橘子」的意思，其實不是直接用橘子汁做的，而是用糖漿和冰做的。真正的橘子汁叫做 jus jeruk。如果你想試試另類的果汁，試試溫橘子汁！

Saya mau minum kopi. 我要喝咖啡。
在印尼最普遍飲用的咖啡是熱開水直接倒在研磨咖啡上，這叫作 kopi tubruk（撞咖啡——水和咖啡豆相撞！），一定會加糖；如果不要糖，咖啡要叫 pahit。Kopi susu（牛奶咖啡）也有，是加了煉乳的。有時，他們可能會推薦卡布奇諾，但是要注意是否是用咖啡機煮的，因為現在在大城市咖啡機很普遍。

43 YANG MANA 哪一個

Yang mana? 哪個？

Mobil yang mana? 哪輛車？

Mana yang lebih baik? 哪個比較好？

Mau makan yang mana? 要吃哪一個？

44 MANDI 洗澡，沖涼

Kamar mandi. 洗手間。

Air mandi. 洗澡用的水。

Bak mandi. 浴盆。
大多數印尼的洗手間裡都有 bak mandi 。它是個又大又方、又有貼地磚、裝滿了水的盆子。不要進去！正確的用法是用塑膠勺子舀水，往身上沖。
在鄉下，人們在河裡洗澡，或最起碼是用流動的水；在人洗澡的時候接近那個地方是不禮貌的。

Handuk. 毛巾。

45 JAUH 遠

Jauh sekali. 非常遠。

Tidak jauh. 不遠。

Masih jauh. 還很遠。

Rumahnya jauh tidak? 他的家遠嗎？

Rumahnya jauh. 他的家很遠。

46 DEKAT 近

Dekat sekali. 非常近。

Rumahnya dekat. 他的家非常近。

Mana yang dekat? 哪個近？

Dekat hotél itu. 靠近那家旅館。

47 BAGUS 好（物體，事情）

Buku itu bagus. 那本書很好。

Mobil ini tidak bagus. 這輛車不好。

或者，

Mobil ini kurang bagus. 這輛車不是很好。

Pakai yang bagus! 用好的！

Ambil yang bagus! 拿好的！

Mana yang bagus? 哪個比較好？

48 PADA 在，於

Pada hari Senin. 在星期一。

Pada tanggal 4 November. 在十一月四號。

印尼至少有兩個詞對應英文的「in」和「at」，或是中文的「在」和「於」。Pada 的意思比用於實體地方的 di 要抽象。Pada 平時用來指時間。Pada 也用來表示對一個人的情感。

Saya cinta pada kamu. 我愛你。

Saya percaya pada kamu. 我相信你。

Dia bangga pada anaknya. 他對他的孩子感到驕傲。

Datang pada jam lima. 在五點來。／五點過來。

Ulang tahun saya pada tanggal satu Juli. 我的生日在七月一號。

49 DARIPADA 和……相比、比、好比

Bis lebih cepat daripada keréta api. 公車比火車快。

Daripada itu... 與其……

Daripada itu, pakai ini! 與其用那個，不如用這個吧！

50 KALAU 如果、要、要是、至於

這是個很常用來表示計畫或未定事情的句子開頭。

Kalau hujan, jangan keluar. 如果下雨的話，別出門。

Kalau minum kopi, saya tidak tidur. 如果喝咖啡，我不睡覺。

Kalau ke Bandung, naik apa? 要去萬隆的話，坐什麼去？

Kalau saya, tidak suka. 至於我，我不喜歡。

Kalau tujuh puluh lima, bagaimana? 七十五（七萬五千印尼盾）怎麼樣？

字面意思「至於……，如何？」

宗教和文化

　　和許多西方國家相比，宗教（agama）在印尼更常出現。在公眾場合上被不是很熟的人問你的宗教是件挺平常的事。不要因此驚慌，人們認為這是個好的對話話題，而且渴望認識和他們不同的宗教。

　　一個印尼人和某個已有的主流宗教沒有關係是很不尋常的。有些印尼族群的宗教很清楚，例如：大部分峇里島社會的人是印度教徒（Hindu），有些地方也有基督教。天主教叫做 Katolik，基督新教叫作 Kristen（注意，印尼語裡沒有一個籠統的「基督徒」的稱呼——Kristen 這個詞表示「基督新教」）。印尼也有些佛教徒和儒教徒，但是最多數的是穆斯林。你會發現雖然大部分印尼人屬於伊斯蘭教，但是他們對自己的信仰觀是很多元的。某個層面上，這可以從他們的衣著看出。例如：有些穆斯林女性選擇在公眾場所蓋住頭部，但是有些就不認為這是必要的。官方承認的宗教是：伊斯蘭教、天主教、基督新教、印度教和佛教（譯者注：現在是六個宗教，另一個是儒教）。

　　就如你會發現的，印尼的日常用語都被伊斯蘭教影響。一個很普遍的問候人的方式是說 Assalamu alaikum!（字面意思是，願主的平安與你同在）。當你到朋友家時，要通知屋主你在門口等著，這句話是很有用的。

　　齋戒月結束後的慶祝（那一天稱為 Lebaran，或者更正式的說法是 Hari Raya Idul Fitri），是個非常重要的社交場合，特別是在家庭方面。那時所有交通方式都會客滿，因為人們會返鄉和家人團圓，並且求長輩饒恕他們的過錯（Mohon maaf lahir batin）。這個假期每年會快十天，因為它是根據伊斯蘭曆而訂的。

　　旅客們會發現在城市、小鎮和鄉村裡都會看到很多清真寺，也會聽到一天五次，用擴音機傳播的宣禮。在齋戒月（Ramadan）裡，晚上也會有宣禮（tarawéh）。音量可能會使人驚訝，特別是清晨禮拜那特別早的

宣禮，但是等到你離開後，你會很想念它的，因為阿拉伯文的朗誦有個很
獨特的聲音。

51　NAIK 坐（交通工具）；搭；上去

Kita naik apa? 我們怎麼去？

字面意思：我們搭什麼？

Kita naik keréta api. 我們搭火車。/ 我們坐火車。

Pak Hasan sudah naik, belum? Hasan 先生上車了沒有？

Dia naik pesawat (terbang) ke Makasar. 他搭飛機去望加錫。

Meréka naik keréta api dari Bandung ke Yogyakarta. 他們坐火車從萬隆到日惹特區。

52　HABIS 完，用完了，做完

Uang saya habis. 我沒錢了。

Uangnya belum habis. （他的）錢還沒用完。

Karcisnya sudah habis! 票已經賣完了！

Habis 在口語中是個很常用的詞。你會聽到人們在有「……之後」意思的場合用這個詞。

例如：

Habis makan, kita ke stasiun. 吃完，我們去火車站。

53　MASUK 進入，進去

Silakan masuk! 請進！

Dilarang masuk! 禁止進入！

Pak Hasan sudah masuk Hotélnya. Hasan 先生進去他的旅館了。

Masuk 也是很多成語的部分：

Tidak masuk akal. 不合邏輯。/ 不合理。

Masuk sekolah. 入學。

Masuk kantor. 上班。

Masuk angin. 著涼。

Masuk Islam. 成為穆斯林。

54 BICARA 說話，講話

Bapak/Ibu bisa bicara bahasa Inggris? 先生 / 女士，會講英語嗎？

Saya ingin bicara dengan Pak Hasan. 我想和 Hasan 先生說話。

Boléh saya bicara dengan Pak Hasan? 我可以和 Hasan 先生說話嗎？

Dia sedang bicara. 他在講話。/ 他在和某人講話。

Sebelum pergi, bicara dengan Pak Hasan dulu. 去之前，先和 Hasan 先生講話。

55 TANYA 問

Boléh tanya, Pak? 先生，請問？

Tanya di informasi saja! 在詢問處問吧！

記得，當你對陌生人問問題時，要透過語氣和肢體語言表示禮貌。有時候，被外國人問問題會讓人覺得不安，所以稍稍彎身、微笑，並用溫和的語氣講話，會讓你所請求幫助的那個人更容易了解你的問題。

別忘記，當你要求對你有益的事物時，正確的用詞是 minta。

Minta tolong, Bu? 女士，可以幫幫忙嗎？

56 BESAR 大

Rumah itu besar. 那房子很大。

Saya mau yang besar. 我要大的。

Bir besar, atau bir kecil? 大杯啤酒，還是小杯啤酒？

Di sebelah rumah besar itu. 在那間大房子的隔壁。

57 KECIL 小

Rumah itu kecil. 那房子很小。

Saya mau yang kecil. 我要小的。

Kamar kecil. 廁所。

Di depan warung kecil itu. 在小吃攤的前面。

58 MELIHAT 看

Sudah melihat Monas, belum? 你看過（雅加達）印尼國家紀念塔嗎？

Mau melihat Gunung Merapi? 想看默拉皮山嗎？

為了增加意義，詞常常可以加上前後綴。**Lihat** 有個很常用的一種形式，**kelihatan**，意思是「看得見」或「看來」。

這裡有一些例子：

Gedung itu kelihatan. 那棟建築物看得到了。

Kelihatannya, Pak Hasan sudah masuk. 看來，Hasan 先生已經進去 / 進來了。

RASA 味道，感覺

Rasanya asin. 味道是鹹的。

Rasanya manis. 味道是甜的。

如果你是個喜歡喝茶的人，你會發覺，印尼不同地方喝茶的習俗是不一樣的。有些地方，像是在爪哇，喝茶都是喝甜的，常常要加幾匙的糖。瓶裝的茶飲通常都添加了很多糖。所以，如果你要無糖的茶，叫 téh pahit（字面意思是苦茶）。在印尼，沒有喝茶加牛奶的傳統，但是旅館如果得到要求，也會提供奶茶。雖然如此，有些印尼常喝的茶種不加牛奶也很好喝，所以先試試吧！

Rasanya Pedas. 味道是辣的。

Saya rasa... 我覺得……／我認為……

MAHAL 貴

Harganya mahal. 好貴。
字面意思是：價錢好貴。

Mahal sekali, Pak/Bu! 先生／女士，好貴喔！
有些人會覺得討價還價很難。你可以用 Mahal sekali, Pak/Bu! 這一句來做對賣家開價後的第一個回應。那會告訴賣家你想要付個比他開的價錢還低的數目。別忘了在你的聲音裡加入恐懼和驚訝的感覺！你可能會看來不誠實，那是不要緊的，因為加上一點戲劇性或幽默感也會對討價還價的過程加上友善的感覺。

社交聊天

用印尼語展開對話時，討論一個人的出生地是個既禮貌又有趣的話題。可能是因為印尼有很多元的種族和文化，人們會認為談論來歷（asal）和自己沒去過或聽過的地方很有趣。詢問某人的出身並不會很失禮，例如：雅加達的計程車司機，通常不是來自雅加達，而是從爪哇或蘇門答臘來的。他們的妻兒都是住在老家，這種離鄉工作的現象叫做 rantau。

所以，如果你要一個簡單的、不會錯的開啟對話的方法，可以試試以下的例子：

Bapak dari mana? 先生，你從哪裡來？
Ibu asalnya mana? 女士，你來自哪裡？
Aslinya dari mana? 你原先是從哪裡來的？

另外一個常用的話題是家族。一般而言，在印尼的習慣裡，問人婚姻狀況和有幾個孩子不是不禮貌的。

你也有可能受邀到某人的家裡，雖然是個剛認識的人。他們會說：

Mampir dulu! 順便拜訪一下！

這裡有兩種可能。如果有個人要回家，而你就在他家附近，那麼他們的邀請只是形式上而已。另一方面，也很可能一個人真的想要邀請你來他家客廳聊天——無論房子多小都有客廳。身為外國人，你會發現很多人對你的祖國和情況很感興趣。在印尼，對客人要友善、尊敬，那是個很堅固的傳統。

如果有人獲得了某樣東西，像是學位、生小孩、訂婚等等，那你可以

簡單說聲「Mengucapkan selamat」或者「Selamat!」。字面意思是「我祝你『享有好運』」，也就是「恭喜」的意思。這是很通用的。

Selamat 一詞可以用在不同的場合上祝人好，例如：Selamat belajar「學業順利」，或 Selamat makan「希望你享用你的餐點」，或 Selamat jalan「一路順風」。

當你認識新朋友，要自我介紹（或介紹別人讓他認識），你就說 Kenalkan，然後說出你的名字：Nama saya...「我的名字是……」

要離開的時候，你應該用正確的方式告別，說（Saya mau）minta diri 或者（Saya mau）pamit，意思是「我請求（先走了）」。主人會說 Mari! 這裡的意思是「再見！」Saya pulang dulu「我先回去了」也可以用來做一個禮貌的告別。

61 SAMPAI 到，抵達

Pak Hasan sudah sampai, belum? Hasan 先生到了沒有？

Surat anda belum sampai. 你的信還沒到達。

Bis malam sampai di Jakarta jam berapa? 晚班巴士幾點抵達雅加達？

Sudah sampai di mana? 已經到哪裡了？
你會很常用到這種句型，因為它不只可以用來指走過的距離，也可以指抽象的進展，像是計畫、工程等。

Saya belum sampai di sana. 我還沒到那裡。

62 KASIH 給

Uangnya sudah dikasih, belum? 錢已經給了嗎？

Itu sudah dikasih. 已經給了。

Saya dikasih uang seratus ribu. 有人給我十萬（印尼盾）。
從以上三個例子來看，基本詞上加了 di- 前綴，這使動詞變成被動式。所以說，kasih（給）變成 dikasih（被給，受一個人的給予）。你會發現這個前綴是很常用的，而且這種被動式也常常在你意想不到的場合上用到。

63 KETEMU 見

Kapan ketemu (sama) Pak Hasan? 你幾時見到 Hasan 先生？

Baru ketemu. 剛見到。

Saya ketemu pak Hasan di términal bis. 我在公車站見到 Hasan 先生。

Sampai ketemu lagi! 下次見！／待會見！

64 BARU 剛，不久，新

Ini mobil baru. 這是新車。

Pak Hasan baru datang. Hasan 先生剛到。

Saya baru dua bulan di sini. 我到這裡才剛兩個月。

Saya baru dari Médan. 我剛從棉蘭來。

65 BELAJAR 學，學習

Saya belajar Bahasa Indonesia. 我學印尼語。

Saya harus belajar lagi. 我一定要多學。

Tolong pak, saya mau belajar Bahasa Indonesia. 先生，可以幫幫我嗎？我要學印尼語。

Boléh belajar sama saya. 可以跟我學。

66 MALU 害羞，羞恥，丟臉

Jangan malu! 別害羞！

Dia malu. 他害羞。/ 他丟臉了。

Tidak tahu malu. 不知羞恥。

Saya malu minta tolong. 我因為害羞／怕丟臉而不敢求助。

從上面的例子可以看出，malu 的意思比英文「shy」的範圍還要廣。這是個有關於「面子」和正確行為的社會觀念。儘管和你在一起的人沒有直接表示 rasa malu（malu 的感覺），觀察人們在特定場合的反應是既有用又有趣的。例如：當見到一位老人時，人們會表現出和往常不同的拘謹。

一般來說，說話和動作的拘謹表示尊敬。

67 BENAR 對，正確

Itu benar! 那是對的！

Bisnya berangkat jam sepuluh, benar? 公車十點出發，對嗎？

Kabar itu tidak benar. 那個新聞是不正確的。
在以上三個例子裡，benar 可以用 betul 來代替。

Orangnya benar. 他是個正直的人。

68 TUNGGU 等待

ruang tunggu 等待室

Tunggu di sini! 在這裡等！

Tunggu sebentar. 稍等一下。

Saya tunggu di mana? 我應該在哪裡等？

Tunggu di hotél. 在旅館裡等。

69 BUAT 為了，做

Buat apa? 為了什麼？

Ini buat siapa? 這是給誰的？

Buat sementara. 暫時（用）。

如果我們在 buat 前面加上前綴 mem- 或 di-，就有「做」的意思。

Harus membuat yang baru. 一定要做新的。

Ini baru dibuat. 這是剛做的。

Jangan malu! 別害羞！

Jangan kencing di sini. 別在這裡撒尿。

Jangan sampai terlambat! 別遲到！

社會關係和家族

　　學習印尼語的人應該知道一些和日常語言有關的社交關係指導方針。

　　Bapak 和 Ibu 兩個詞需要特別注意。簡略型 Pak 和 Bu，如同人名前的稱謂，像是「先生」和「女士」。這些比英文的「Mr.」和「Mrs.」來的常用，也表示我們認同一個人的社會地位。對話中，它們用於所指人的名字前面；如果是直接叫名字，而不用 Ibu 或 Bapak，那可以感受到親密感，但多數情況是不禮貌的。

　　一個需要習慣的原則是，在印尼語裡親屬關係是用來代替「你」的。懂得這個原則會幫助你不要得罪他人。

　　例如：

Bapak mau minum apa?

　　這句的字面意思是「先生要喝什麼？」它是「你要喝什麼？」的禮貌說法，特別是對年紀比自己大的男性或相同年紀的陌生男性的用法。注意，印尼語裡不需要「你」一詞。

　　以下是另外一個例子：

Ibu baru datang, betul?

　　字面意思是「女士剛來，對嗎？」它是「你剛到嗎？」在印尼語裡禮貌的說法，是對於年紀較大的女性或年紀相同的陌生女性的用法。

　　相同的，人們常常用自己的名字或親屬稱呼來代替「我」。這和英語的結構「Do as Mummy (=I) tells you.」（照媽媽（＝我）說的做。）是一樣的。所以，當你的朋友 Tono 想說「我還沒去過那裡」時，說的是以下句子時，請勿感到困惑：

Tono belum pernah ke sana.
Tono 還沒去過那裡。

　　最後，你會發現有些親屬關係的詞是沒有性別區分的。你可以稱呼比你年輕的男性或女性 adik，然後稱呼年紀比較大的男性或女性 kakak。然而，後者只可以用於與你較熟的人。除了可以當作稱呼以外，adik 和 kakak 也是名詞，意思是「弟弟／妹妹」和「哥哥／姊姊」。

71 HIDUP 生活，活，運作

Ibunya masih hidup. 他的母親還健在。

ACnya hidup, belum? 冷氣開了沒？
AC 的發音是 a-sé。如果你想要確認交通工具或房間有沒有冷氣，你應該問 AC ada?「有冷氣嗎？」

Hidup di Jakarta mahal. 在雅加達生活很貴。

72 PUNYA 擁有

Punya uang kecil? 你有零錢嗎？

Saya punya seribu. Silakan! 我有一千盾。請！
你會發現到在日常生活中零錢是很有用的，特別是付給停車場管理員時。要對他們好！你要依賴他們在你停車的時候看著你的車，並且幫你插進車陣中，特別是在大城市！

Sudah punya istri, belum? 你有妻子嗎？

Sudah. Anak saya dua! 有（字面意思是「已經」），我有兩個孩子。

73 HARI INI 今天

Hari ini, mau ke mana? 今天要去哪裡？

Hari ini, saya mau ke bank! 今天我要去銀行！

Hari ini hari apa? 今天星期幾？

Hari ini hari Selasa. 今天星期二。

Ada tur hari ini? 今天有導覽嗎？

Tidak ada hari ini. Bésok saja. 今天沒有。明天吧。

74 MAU 要，想要，正要

Tidak mau! 不要！

Mau makan nasi? 要吃飯嗎？

Tidak. Sudah makan. 不要。我吃過了。
說和英語類似的「No, thank you.」是不常見也不需要的，說 Tidak 就可以了。

Mau yang kecil, atau yang besar? 要小的，還是大的？

Saya mau yang besar. 我要大的。

75 SAKIT 生病

Saya sakit. 我病了。

Pak Toni sakit hari ini. Toni 先生今天生病了。

Pak Toni sakit apa? Toni 先生生什麼病了？

Anak saya sakit! Ada dokter di sini? 我孩子病了！這裡有醫生嗎？

76 HARGA 價錢，價值

Berapa harganya? 多少錢？

Harganya delapan puluh ribu rupiah. 它的價錢是八萬盾。

Ada diskon? 有打折嗎？

Harga mati. 不二價。

Mobil itu, berapa harganya? 那輛車多少錢？

77 HILANG 不見，消失，弄丟

Paspor saya hilang! 我的護照不見了！

Uang saya hilang! 我的錢不見了！

Lucy kehilangan jam tangannya. Lucy 弄丟了他的手錶。

78 MATI 死，死亡（基於禮貌不可用於指人類）

Anjing saya mati. 我的狗死了。

Kartu SIM itu sudah mati. 那張 SIM 卡過期了。

ACnya mati. 冷氣關掉了。

Harga mati. 不二價。

79 URUS 處理，管理

Tolong, Pak. Minta tolong mengurus visa saya? 請幫幫忙，先生。可以請你處理我的簽證嗎？

Bisa diurus di sini? 能在這裡處理嗎？

Perpanjangan visa sulit diurus. 延長簽證很難處理。

Bu Noto lagi mengurusi anak-anak. Noto 夫人正在照顧孩子們。

Bukan urusanmu! 不關你的事！

BUKAN 不是嗎？（用來形成附加疑問句）；不是（和名詞一起用）；字面意思是不（用於賓語）

通常放在句尾，是爲了引出「是」的答案；是用來確認一件事的。

Ini términalnya, bukan? 這裡是航廈，不是嗎？

Términal ini besar, bukan? 這個航廈很大，不是嗎？

注意，口語上 bukan 常常縮短成 kan。

Términal itu jauh sekali, kan? 那個航廈很遠，不是嗎？

Bukan 也可以用來否定名詞。

Dia bukan mahasiswa. 他不是大學生。

Bukan urusanmu! 不關你的事！

印尼語名字

印尼語名字系統每個地方都有些差異。在很多穆斯林的地區，你會發覺男人會有兩個名字：第一個是自己的名字，第二個是父親的名字。比如說：Nafron Hasyim，他的名字是 Pak Nafron（不是 Hasyim）；他的父親是 Hasyim。換句話說，他的名字其實是「Nafron，Hasyim 之子」。有些國家會看到 bin 字眼，意思是「之子」。Pak Nafron 的妻子叫做 Bu Nafron。

在爪哇，男人通常只有一個名字——這會使外國人感到驚訝，因為他們習慣名字和姓氏。然而，他們可能有童年的名字，被成人名字所取代。如果有人是基督徒，你可能會看到頭文字，指的是洗禮名（例如：F.X. 指的是 Franciscus Xaverius）。

峇里島的制度很複雜，因為它是跟著印度教的「種姓」制度。婆羅門、皇族和貴族都有若干種尊稱。一般人，也就是多數人，有 I 稱謂（這不是頭文字！），接著是表示家庭排行的稱謂，依序是：Wayan、Madé、Nyoman 和 Ketut——如果還有的話，那就回到 Wayan。

印尼人，特別是在正式場合上，很常使用尊稱。有學位的人喜歡用 Dr（doktor，不是 dokter）來表示博士學位，或者用 Drs（doktorandus）和 Dra（doktoranda），用於有學士學位的男性和女性。軍人根據他的軍階作稱謂，爪哇貴族也有不同等級，不同等級都有適當的稱謂。

美麗的峇里島Taman Ayun 寺廟

＊譯者注：應爲 Di mana ada bank di sini? 比較合乎語感。

81 PESAN 訂，點，訂位

Sudah pesan, belum? 訂了沒有？

Pesan apa, pak? 先生，要點什麼？

Saya pesan nasi goréng sama jus jeruk. 我點炒飯和橘子果汁。

Karcisnya sudah dipesan, belum? 票訂了沒有？

就如本書編號 62 所解釋（見第 55 頁），di- 前綴常加在動詞前面，在這個例子裡可以看到這個現象。這是用來表示被動式的語氣，所以 dipesan 是「被訂」的意思。不管你用哪種語氣，你的意思都會表達的很清楚，所以在這方面請不要怕犯錯。然而，透過經驗，你會自然而然明白什麼情況要用被動語氣。

關於點東西：小費是不需要的，然而，當然對於周到的服務給小費是值得感激的行為。

82 BAYAR 付錢

Mbak! Kita bayar di mana? 小姐，我們應該在哪裡付錢？

稱呼服務生時，你可以選擇：如果服務生比你年輕，你可以叫 mas（兄弟，朋友）稱呼男服務生，和 mbak（小姐）稱呼女服務生。然而，如果服務生年紀比你大，或者你比較習慣用比較禮貌的稱呼，你可以用 pak 和 bu。

Di kas, Pak. 在收銀臺（付錢），先生。

Bon/Bill ini sudah dibayar! 這個帳單已經結了！

83 MENUKAR 交換，兌換

Saya perlu tukar uang. 我需要換錢（外幣）。

Di mana bisa menukar uang? 在哪裡可以換錢（外幣）？

Bapak mau tukar apa? 先生，要換什麼？

Saya mau tukar dolar AS dengan rupiah. 我要把美金換印尼盾。
AS（美國）發音是 a-és。注意，限定詞要放在它修飾的詞的後面。英
文裡我們說「US dollars」，中文說「美金」，而在印尼語裡，我們說
dolar AS。一樣的道理「炒飯」是 nasi goréng（飯炒）。

Kalau tukar uang di jalan, harus hati-hati! 在路上換錢的話，一定要小
心！

84 MENGIRIM 寄

Saya ingin mengirim imel.（譯者注：imel 是口語唸法，印尼語書寫時
會寫作 Email）我想寄一封電子郵件。

mengirim SMS 寄短訊

Berapa ongkosnya untuk mengirim surat ke Australia? 寄信到澳洲要
多少錢？

85 KENAL 認識

Sudah kenal? 認識了嗎？

Kita belum kenal. 我們還不認識。
記得，kita 包括跟我們說話的人，所以這句的意思等於「你和我還不認
識。」

Kita sudah kenal. 我們認識了。

Saya kenal (sama) dia. 我認識他。

86　SURAT 信，函，文件

surat kilat 快遞信

surat kilat khusus 快遞／限時專送

surat kabar 報紙

Surat ini dari Pak Hasan. 這封信是 Hasan 先生寄來的。

87　MAIN（發音是「ma-in」）玩耍，演奏

main suling/piano/trompét 演奏笛子／鋼琴／喇叭

main tennis/voli/bulutangkis 打網球／排球／羽毛球

Dia main-main saja. 他只是玩玩而已（不認眞）。

Main ke rumah, ya? 來家裡玩，好嗎？

88　PAKAI 用，穿

Pakai apa, Pak? 用什麼，先生？

Pakai keréta api. 搭火車。

Pakai gula, Bu? 要（加）糖嗎，女士？

Kita pakai Bahasa Indonésia, ya? 我們用印尼語，好嗎？

Saya lebih suka pakai Bahasa Inggris. 我比較喜歡用英文。

89　AMBIL 拿

Mau ambil ini. 要拿這個。／我選這個（買東西時）。

Sudah diambil. 拿了。

Ambil yang mana, Pak? 拿哪一個，先生？

90　PAS 剛好，恰好，適合，正是

Pas! 剛剛好！

Uang pas. 對的金額，準確的數目。

Sepatu ini pas. 這雙鞋剛好。

Pas di depan rumahnya. 正是在他家對面。

Pas-pasan. 剛剛好而已。

動詞前綴

Me-前綴

之前的詞彙中，有兩個是 me- 開頭的：menukar 和 mengirim。如果我們試著在多數印尼語辭典裡找這兩個詞，在 m 字母之下是找不到的。這是因為辭典裡的排法是依據基本詞的；這些情形裡，基本詞是 tukar 和 kirim。

很多印尼語動詞裡都有這樣的前綴。其實，pesan、ambil、bayar 和 pakai 這些詞加詞綴的結構都是很常用的。以下是它們變化的方法。

Pesan 變成 memesan。
Ambil 變成 mengambil。
Bayar 變成 membayar。
Pakai 變成 memakai。

我們如何知道正確的 me- 前綴的變化呢？變化的詞形是依據基本詞的第一個字母。以下的表格概述了變化的規則：

基本詞的第一個字母	Me- 前綴的格式
任何母音，h、g、kh	meng-
r、l、y、w	me-
m、n、ny、ng	me-
k	meng，除去 k
p	mem，除去 p
s	meny，除去 s
t	men，除去 t

基本詞的第一個字母	Me- 前綴的格式
d、c、j、z	men-
b、f、v	mem-

前綴能做出什麼區別？原則上，你會發現很多字在影響賓語的時候，是需要加前綴的。換句話說，大多數有 me- 前綴的動詞都是及物動詞。另外一個加前綴的目的是爲了把不及物動詞形成形容詞。

先不要擔心要不要用有詞綴的詞形！第一，你所表達的意思，雖然不用詞綴型幾乎都可以表達的很清楚了。第二，很多前綴在日常口語中被省略了，所以儘管你用的詞形是不太正確的，也沒人會發現。

Di- 前綴

就如上述，di- 前綴在印尼語裡是很常用的，而它的用處就是把動詞變成被動式。所以：

Mengirim. 寄。
Dikirim. 被寄。

被動式裡 k 字母出現的原因是因爲 mengirim 的基本詞是 kirim。當 di- 前綴加在動詞前時，跟 me- 前綴不一樣，沒有詞形的變化。直接將 di- 加在基本詞前面就可以了。

91　TÉLÉPON 電話

Ada télépon buat saya? 有我的電話嗎？

Tidak ada (télépon). 沒有。

手機和平板用的 SIM 卡很便宜，在小店鋪裡都買得到。它們會有一定額度的通話費（pulsa），你可以在同樣的小鋪裡加值，或者在有些提款機也能加值。在印尼，手機的使用是很普遍的，即使是在經濟條件不太好的人民間。印尼人友善、明白科技，也喜歡溝通。

Boléh saya pinjam télépon? 我可以借電話用嗎？

Lagi sibuk. 忙線中。

92　TINGGAL 居住，剩下，離開

Tinggal di mana? 住在哪裡？

Saya tinggal di Jalan Acéh. 我住在 Acéh 路。

Tinggal satu. 剩下一個。

Meninggal dunia. 去世。（這是個用來稱死去的人比較禮貌的說法）

93　SIAP 準備

Sudah siap, belum? 準備好了沒？

Pak Hasan belum siap. Hasan 先生還沒準備好。

Kita harus siap pada jam sepuluh. 我們十點就得準備好了。

Pakaiannya belum siap, Pak. 衣服還沒準備好，先生。

94　MENJADI 成爲，變成

Sudah menjadi mahal. 已經變貴了。

Cuaca menjadi panas. 天氣變熱了。

Dia menjadi guru. 他成爲老師了。

Jadi 這個詞常常用在句首，表示後果，其意義平常是「所以」。

Jadi, Pak Hasan tidak mau. 所以，Hasan 先生不要。

Jadi, kita tidak berangkat. 所以，我們不出發。

95　LAKI-LAKI 男性，男人

你會發現印尼的代名詞通常表示年紀，而不是性別。Laki-laki 用於需要說明此人是男性的時候。

Seorang laki-laki. 一個男人。

Adik laki-laki. 弟弟。

男性有其他詞：男廁的標誌平常寫著 pria（男）。

96　PEREMPUAN 女性，女人

這個字用來說明是女性。

Seorang perempuan. 一個女人。

Adik perempuan. 妹妹。

女廁的標誌平常寫著 wanita（女）。

97 DAPAT 得到，能夠，成功

Dapat? 能嗎？成功了嗎？

Sudah dapat tikétnya, belum? 拿到票了沒有？

Belum dapat. 還沒得到。

Maaf Pak, tidak dapat di sini. 對不起，先生，在這裡不能。

98 DICUCI 被洗

Sudah dicuci, belum?（衣服）洗了沒有？

Pakaiannya lagi dicuci. 衣服正在洗。

Pakaiannya belum dicuci. 衣服還沒洗。
如果你想要請別人幫你洗衣服，或是安排完成洗衣服的動作，有幾個要求
的方法。最禮貌的，也就是如果你住在私人家裡的話，要說：

Tolong Bu, ini bisa dicuci? 可以幫幫忙嗎，女士，可以洗這個嗎？

其他的要求法是：

Ini bisa dicuci? 可以洗這個嗎？

Minta dicuci, Pak. 先生，請洗這些衣服。

99 SELESAI 結束，完成

Sudah selesai, belum? 結束了沒有？

Pakaiannya belum selesai. 衣服還沒洗好。

Kita berangkat sebelum selesai. 我們在結束之前離開了。

這可能是好幾種愛：對於弟弟妹妹（adik-adik）的，父母親（orang tua）的，祖國（tanah air）的，但最多是指對男／女朋友的（pacar）。

Jatuh cinta. 愛上。

Aku cinta kamu. 我愛你。

你會發現，代名詞常常會被縮短，然後加在別的詞的後面。這可能是用來表示擁有，或是指介系詞的賓語。通常 sayang 用於親人，而不是 cinta。

其他有用的短語

印尼語的數字系統既簡單又規律。數字從大到小都有，不用英語的「and」等詞。學了「一」到「十」的說法，除了一些特別的「十幾」數以外，其他的數字就可以很容易的形成了，只要加上數詞 puluh（「十」）、ratus（「百」）和 ribu（「千」）就可以了。注意，se- 是 satu「一」的一形。

0	nol, kosong
1	satu
2	dua
3	tiga
4	empat
5	lima
6	enam
7	tujuh
8	delapan
9	sembilan
10	sepuluh
11	sebelas

12	dua belas
13	tiga belas
14	empat belas
15	lima belas
16	enam belas
17	tujuh belas
18	delapan belas
19	sembilan belas
20	dua puluh
21	dua puluh satu, 以此類推
30	tiga puluh
40	empat puluh
50	lima puluh
60	enam puluh
70	tujuh puluh
80	delapan puluh
90	sembilan puluh
100	seratus
200	dua ratus
300	tiga ratus, 以此類推
1,000	seribu
2,000	dua ribu
10,000	sepuluh ribu
100,000	seratus ribu
1,000,000	sejuta

例如：

25　　Dua puluh lima

161　　Seratus enam puluh satu

2014　　Dua ribu empat belas

注意，印尼語裡的十進制是用逗號來表示的，而千數使用小點符號表示。

序數詞

序數詞是用前綴 ke- 加在數字的前面來形成的，跟在所解釋的詞後面，像個形容詞。例如：「第五個孩子」anak yang kelima。有些人說 anak nomer lima「五號的孩子」。

然而，這不適用於日期。我們說 tanggal empat belas Novémber 來表示「November 14」（11 月 14 日），而不是「the fourteenth of November」（11 月的第十四天）。

分　數

分數用 per- 前綴來表示，加在數字上，然後幾分寫在前面，例如：「四分之三」tiga perempat，「十分之九」sembilan persepuluh。

在計量時，「一半」我們用 setengah，例如：「半公斤」setengah kilo，「半小時」setengah jam。但是，如果不是計量的話，那應該說 separuh，例如：「一半用完了！」Separuhnya habis!

時　間

Jam berapa? 幾點？

Jam satu. 一點。

Pukul 也可以用來代替 jam，只是 pukul 比較正式。

用來說英語「past」（過幾分鐘）的概念，我們說 léwat 或者 lebih，例如：

Jam dua belas léwat sepuluh. 十二點十分。

Jam enam lebih lima. 六點五分。

Jam lima léwat seperempat. 五點十五分（一刻）。

我們用 setengah 來解釋「半小時」的概念，但是這是接下來一小時提前半個小時來看。

Setengah sembilan. 八點半。

Setengah tiga. 兩點半。

用來解釋「少」的概念，我們說 kurang（「少」），例如：

Jam delapan kurang seperempat. 八點少一刻。

Jam satu kurang enam menit. 一點少六分。

二十四小時時間用於例如飛機班機時間，例如：

Pukul dua puluh dua, empat puluh. 22：40。

Nanti dulu! 等一下！

Sebentar, ya! 稍等一下！

Bagaimana? 抱歉？

Maaf? 不好意思？

Jangan! 不要（做那件事）！

Bukan! 不是（那樣的）！

Ada apa? 有什麼事？

Maaf! 對不起！

Permisi! 不好意思！（借過等）

Lain kali saja! 下次吧！

Tidak apa-apa. 沒關係。

Biarlah. 我不在乎。（別管他。）

Boléh tanya? 請問？

Minta bantuan. 可以幫幫我嗎？

Tolong! 救命！

Tak mungkin! 不可能！

Cukup! 夠了！（不要了！）

Anu,... / Omong-omong, ... 順道一提……

Terserah. 隨便。

Baiklah! 好吧！（我贊成，一起做吧！）

Bagus! 很好！（太好了！）

Apa boléh buat! 還能怎麼辦？！

Awas! 小心！（當心！）

Masa! 眞的嗎？／眞的假的？（難以置信。）

Mari! 來啊！（一起走吧！）

Sekali lagi? 再來一次？（可以再說一遍嗎？）

Hati-hati! 小心！

Kebetulan! 好巧！（好幸運！）

Sayang sekali! 太可惜了！

Syukurlah! 感謝天！

Awas copét. 小心扒手。

Satu arah. 單行道。

Jalan buntu. 死路。/ 死胡同。

Jalan pelan-pelan, banyak anak. 慢速行駛，很多小孩。

Jangan kencing di sini. 請勿在此撒尿。

Awas anjing galak. 當心惡狗。

Tamu harap lapor. 訪客請報到。（這平常很少執行！）

Dilarang masuk. 禁止進入。

Dilarang merokok. 禁止吸菸。

Harap antri. 請排隊。

Harap tenang. 請安靜。

Patuhi tanda-tanda lalu lintas. 遵守交通標誌。

Bélok kiri langsung. 直接左轉。

補充詞彙

注意，用 me- 前綴形成動詞時，基本詞（日常對話常用的）會放在前面，然後接著是括號內加了詞綴的詞形（常用於正式的書面語）。「/」表示可替換的詞。

A

abu-abu 灰色

AC 冷氣／空調

acara 節目

ada 擁有

ada acara 有其他事要做

ada halangan 有問題（使我無法……）

adat 習俗

adik (laki-laki) 弟弟（需要表示是男性才加 laki-laki）

adik (perempuan) 妹妹（需要表示是女性時才說 perempuan）

adil 公平

agak 挺

agama 宗教

agama Islam 伊斯蘭教

agén 代理人

air mandi 洗澡用水

air putih 白開水

air terjun 瀑布

air 水

ajar (mengajar) 教

akan 即將

akan/tentang 關於，有關

akhirnya 終於

aki 汽車用電池

akibat 後果

alam 自然

alamat (mengalamatkan) 寫上
地址

alamat 地址

alat cukur 刮鬍刀

almarhum 逝去的，過世的

aman 安全

ambil (mengambil) 拿

anak laki-laki 兒子

anak perempuan 女兒

anak 孩子

anda 你（客氣用法），你的（客
氣用法）

anéh 奇怪

anggap (menganggap) 認為

angin 風

angka 數字

angkot 市內小巴士

anting 耳環

antri 派對

apa? 什麼？

apa lagi? 還有什麼？／還有些
什麼？

apa-apa 什麼都（有／沒有等）

apakah 是不是

api 火

arah 方向

arti 意思

artikel 文章

asal 由來

asam 酸（味道）

asin 鹹

asuransi 保險

atas 的基礎上、以上

atasan 上司

ATM（發音 ah-té-em）提款機

awal 開始（名詞），起始

ayah 父親（正式用法）

ayam 雞

Ayo! Mari! 來啊！來吧！

B

babi 豬、豬肉

bagaimana? 怎麼？如何？

bagaimana... 這樣如何？

bagasi 行李

bagian 部分

bagus 好

bahasa Bali 峇里語

bahasa Belanda 荷蘭語

bahasa Inggris 英語

bahasa Jawa 爪哇語

bahasa 語言

bahkan 甚至

bahwa（在「說」、「想」等動詞後面，所說的東西前面加的詞，表示一個人說的某些東西）

baik hati 好心

baik 好

baik-baik 好好的

baju 衣服

bak mandi 洗澡盆

balas (membalaskan) 回覆

balasan 回覆（名詞）

Bali 峇里

bangga pada 為……感到驕傲

bangga 驕傲

bangku 座位（椅子）

bangsa 人民，國民

bangun (membangun) 建，興建，修建

bangunan 建築物

bank（發音是 bang）銀行

bantal 枕頭

bantu (membantu) 幫助，幫忙

bantuan 幫助（名詞）

banyak 多

bapak 父親

barang-barang 東西，貨

barat 西

Barat 西方

baris 排隊

baru 剛剛，新

baru sekarang 現在才

baru-baru ini 最近

basah 溼

basah kuyup 溼透了

batal (membatalkan) 取消

baterai 電池

batik batik（印尼傳統服裝布紋）

batu bata 磚頭

batu 石頭

bau 氣味

bawa (membawa) 帶著

bawaan 攜帶的物品

bawah 下面

bawang 洋蔥

bayar (membayar) 付錢

béasiswa 獎學金

beberapa 一些

bécak 三輪車

begini 這樣

begitu 那樣

bekerja 工作

belajar 學習（不及物）

belakang 後面

belakangan 最近

Belanda 荷蘭

beli (membeli) 購買

beliau 她（正式形），怹（他的正式形）

belimbing 楊桃

bélok 拐彎

belum muncul 還沒出現

belum pernah 未曾

belum 還沒

benar 對

benci 恨

benda 東西

bénsin 汽油

berangkat 出發

berani 勇敢

berapa? 多少？幾？

beras 米

berasal dari 來自

berat 嚴重，重

berawan 多雲天氣

berbaring 躺著

berbau 發出氣味

berbéda 不同

berbuat 做（好事／壞事）

bercakap-cakap 聊天

bercukur 剃

berdasar 有根基，有基礎

berdasarkan 根據

berdekatan 鄰近

berdiri 站著

berenang 游泳

berguna 有用的

berhadapan dengan 對面

berharga 有價值

berhenti 停止（不及物）

berhubungan dengan 有關聯

beri (memberi/memberikan) 給，送

berikut 接著、以下

berisi 裝著（某東西）

berisik 吵

berisikan 有裝著（某東西）

beristirahat 休息

berita 新聞

beritahu (memberitahu) 告知

berjalan kaki 行走

berjalan 走

berjalan-jalan 走走

berjanji 立下約定

berjemur 晒

berjudi 賭博

berkali-kali 一次次

berkata 說

berkeberatan 有意見，有難處

berkeliling 繞圈圈，圍繞

berkembang 發展（不及物）

berkenaan dengan 有關

berkenalan dengan 跟某個人認識

berkeringat 流汗

berkesempatan 有機會

berkumpul 聚集

berkunjung ke 訪問（不及物）

berlainan 互相有差異

berlebihan 多餘，誇張

bermaksud 有（做一件事的）意思

bernama 名叫

berpegangan tangan 牽手

berpelukan 擁抱著

berpendapat bahwa ……的意見是……

berpikir 想

berpisahan 分開（不及物）

berpuasa 齋戒

bersalaman dengan 跟……握手

bersih (membersihkan) 弄乾淨，洗

bersih 乾淨

bersiul 吹口哨

bersurat-suratan 書信聯絡

bertambah 增加

bertanggungjawab 有責任

bertemu dengan 見面

bertindak 作爲，行爲

bertiup 吹著

bertunangan 訂婚

berubah 改變，變（不及物）

berumur（歲數）有年紀的

berusia（歲數）有年紀的（正式用法）

berwarna 有顏色

besar 大

besar-besaran 大型，大規模

bésok 明天

betah 自在，感覺如同自己的家

beterbangan 飄飛，到處飛

betul 對

betul-betul 確實，的確，眞的

biar (membiarkan) 不在乎，不管

biar saya 讓我

biarlah 別管

biarpun 儘管

biasa 習慣，平常

biasa/terbiasa 習慣

biasanya 平常的時候，平時

biaya 花費，價格

bibi 阿姨

bicara (membicarakan) 談

bill 發票、帳單

bir 啤酒

biru 藍

bis malam 夜班車

bis surat 信箱

bis 公車，巴士

bisa 能夠，會

bisa/dapat 能，可以

bising 噪音、吵

bohong 騙

boléh 可以

boléh jadi 可能

bon 發票，帳單

bosan 膩

botol 瓶子

Bu 女士

buah kelapa 椰子

buah 水果

buah-buahan 水果的統稱

buang (membuang) 扔掉

buang air 小便

buat (membuat) 做

buat 爲了

bujangan 未婚男

buka (membuka) 脫衣服，脫

掉，開，打開

buka 開

bukan 不是、不是嗎

bukit 山丘

bukti 證據

buku 書

bulan 月亮，月，月份

bulan purnama 滿月

bulutangkis 羽球

bunyi 聲響

buruh 勞工

buruk 壞（東西）

butuh (membutuhkan) 需要一樣

東西

C

cabai 辣椒

cahaya bulan 月光

candi 寺（爪哇）

cangkir 茶杯

cantik 美麗

capai（發音是 capék）累

cara 方式

cari (mencari) 找

cat kuku 指甲油

catat (mencatat) 紀錄

catatan 筆記

cepat 快

cerdas 聰明（智能）

cerita 故事

cinta pada/mencintai 愛著

cinta 愛

cita-cita 願望

cium (mencium) 聞

coba (mencoba) 試

cocok 適合

coklat 棕色

copét 扒手

cuaca 天氣

cuci (mencuci) 洗

cucian 衣服（洗著的）

cukup 挺，夠

curi (mencuri) 偷

D

daérah 地區

daftar makanan 菜單

daftar 表（格）

daging 肉

dah! 掰掰！

daki (mendaki) 爬（山）

dalam perjalanan 在路上

dalam 深，裡

dalamnya 其深度

dan 和，與

danau 湖

dapat (mendapat) 得到

dapat 能夠，可行

dari (pada) ⋯⋯比⋯⋯

dari 從

darurat 緊急

dasar 基本

datang 來到

dataran 平原

dékan 院長

dekat 靠近

demam berdarah 登革熱

demam 發燒

dengan rajin 勤勞地

dengan 以，用

dengar (mendengar) 聽

dengar (mendengarkan) 聽

depan 下（週、月等），前面

derajat 度數

désa 村子

destar（男性用）頭巾

déwan 議員

di dalam 在裡面

di depan 在前面

di hadapan 在面前

di luar 在外面

di mana? 在哪裡？

di mana-mana 到處，哪裡都是

di rumah 在家

di samping 旁邊

di sana 在那裡（看不見）

di seberang 在對面、在對岸

di sini 在這裡

di situ 在那裡（看得見）

di 在（地方、地點）

dia 他，她

dinding 牆壁（木）

dingin 冷

diri 本身

diskon 折扣

dokter 醫生

dolar 美金

dua kali 兩次

duduk 坐

duga (menduga) 猜測

dugaan 猜測（名詞）

dulu 以前，先

duri ikan 魚刺

E

ékonomi 經濟

éksprés 特快

émbér 桶子

énak 好吃

enggak 不（非正式）

F

fésbuk 臉書

filem 電影

G

gadis 女孩

gagasan 概念

gajah 大象

gang 巷子，胡同／弄堂

ganggu (mengganggu) 打擾

gangguan 干擾

ganti (mengganti) 換

garam 鹽

garpu 叉子

gas 氣體

gatal 癢

gedung 大樓

gejala 症狀

gelak tawa 笑聲

gelar 學位

gelas 杯子

gemetar 發抖

gemuk 肥胖

gerbang 大門

gerbong 車廂

golongan menengah 中產階級

goréng 炒過的（飯）

goréng (menggoréng) 煎炸炒

got 水溝

gula Jawa 棕櫚糖

gula 糖

gunung 山

H

habis 完，用完

hadap (menghadap) 面對（不及物）

hadap (menghadapkan) 面對

hadiah 禮物

hadir (menghadiri) 出席，參加

hadir 在、到（點名時）

hak asasi manusia (HAM) 人權

hak 權利

hal 事

halte 公車站

handuk 毛巾

hangat 溫

hanya 而已（放在句首）

harap (mengharapkan) 希望（動詞）

harap 請您、希望您（保持安靜

等）

harapan 希望（名詞）

harga diri 自尊

harga mati 不二價

harga 價錢

hargai (menghargai) 鑑賞

hari ini 今天

hari 天，日

harus 一定，一定要

hati (memperhatikan) 注意

hati benak 心神

hati kecil 良心

hati 心（感情）

hati-hati 小心

hawa 空氣，氣流

hém 襯衫

héran 好奇（有點不耐煩地）

hidup 活著，開（電源、機械等）

hijau 綠

hilang 不見

hilang (menghilang) 不見，消失

hitam 黑

hormat (menghormati) 尊敬

hotel 旅館

HP (發音是 hapé) 手機

hubung (menghubungkan) 連結

hubungan 關係

hujan 下雨

I

ibu 母親

ide 思想，主義，主意

iklim 氣候

ikut (mengikuti) 跟著

ikut serta dalam 參與

ikut 跟著

ilmiah 科學性

ilmu 科學

imel 電郵

indah 美麗

informasi 訊息，消息

ingat 記得

ingat (mengingat) 記得，回憶起

ingatan 記憶

Inggris 英國

ingin sekali 非常想要

ingin tahu 想知道

ingin 想要

ini 這

inisiatif 主動

iris (mengiris) 剝削，削（動詞，
對應食物）

irisan 削（名詞），削成絲的食

物

isi (mengisi) 裝（動詞）

isi 內容

istana 城堡

isteri 妻子

istirahat 休息（名詞）

itu 那

J

jabatan 官位

jadi (menjadi) 成，成為，變成

jadi (menjadikan) 指定

jadi 成（對應「我們去得成去不
成？」）

jadwal 時間表、日程表

jaga (menjaga) 照顧

jahat 邪惡

jalan besar 大路

jalan tol 高速公路

jalan 路、街、巷等，走

jalanan 路、街、巷等

jam buka 營業時間

jam tangan 手錶

jam 時鐘，小時，點（時間）

jaman (zaman) 時代

jaman Majapahit 滿者伯夷時期

jaman 時代

jamu 草藥

jangan 別，不要

jangan sampai 不至於

janji (menjanjikan) 約好一件事

janji 約會，約法，約定

jantung 心臟

jarang 少（次數）

jas 西裝外套

jatuh 跌倒

jatuh cinta 愛上

jatuh (menjatuhkan) 弄倒

jauh 遠

Jawa 爪哇（島）

jawab (menjawab) 回答

jawaban 答案

jelas 清楚

jelék 壞（人格）

jemput (menjemput) 接（接送）

jemur (menjemur) 晒乾

jemuran 衣服（晒著的）

jendéla 窗口

jeruk 橘子

jijik 噁心

jiwa 靈魂

jual 賣

juga 還有，也是

jujur 誠實

jumlah 數目

jurusan 路線

K

kabar 消息

kabur （視線）朦朧、模糊，逃走

kaca 玻璃

kacang (tanah) 花生

kadang-kadang 有時候

kado 禮物

kagét 嚇一跳，驚嚇

kagum (mengagumi) 佩服，敬佩

kain 布

kakak (laki-laki) 哥哥（需要表示是男性才加 laki-laki）

kakak (perempuan) 姊姊（需要表示是女性時才說 perempuan）

kaki 腳

kaku 僵硬、死板

kalau 如果

kali 次，河

kamar kecil 廁所

kamar mandi 浴室

kamar pas 試衣間

kamar untuk dua orang 雙人房

kamar untuk satu orang 單人房

kamar 房間，室

kambing 羊

kami 我們（不包括對話人）

kampus 大學，校園

kamu 你（熟人）

kamus 辭典

'kan 不是嗎

kanan 右

kandang 籠子

kangguru 袋鼠

kantor pos 郵局

kantor 公司

kaos T 恤

kapal pesiar 遊輪

kapal 船

kapan? 幾時？

kapan-kapan（未來）有時候（再見面）

karang (mengarang) 撰寫

karcis（公車、火車）票

karena 因為

kartu pos 明信片

karyawan 員工

kas 收銀員

kata (mengatakan) 說，表示

kata 字

katanya 他們說，他說，有人說，聽說

katun 棉

kaum buruh 工人們

kaum muda 年輕人們

kawin 結婚（非正式）

kaya 有錢

ke arah 向（方向）

ke atas 往上

ke bawah 下去

ke belakang 上廁所

ke mana? 去哪裡？

ke sini 來這裡

ke 往

keadaan 情形，情況

keadilan 公平（名詞）

keamanan 安全（名詞）

kebakaran 失火，火災

kebanyakan 多數

kebenaran 真實，事實

kebencian 怨恨（名詞）

keberangkatan 出發（名詞）

keberanian 勇氣

keberatan 有難處，有意見

kebetulan 正好

kebiasaan 習慣

kecantikan 美貌，美，之美

kécap 醬油

kecapaian 太累了

kecepatan 速度

kecéwa 失望

kecil 小

kecopétan 有扒手，被扒手偷了
　　東西

kecuali 除非

kedalaman 深度

kedatangan 到達（名詞）

kedengaran 聽到

kedinginan 太冷了，受寒

kedudukan, status 地位

kehidupan 生活

kehilangan 失去

kehormatan 尊敬（名詞）

kehujanan 淋雨

keindahan 美貌，美（名詞）

kejadian 事件

kejahatan 邪惡（名詞），犯罪
　　（名詞）

kejar (mengejar) 追

kejar-kejaran 追來追去

kejujuran 誠實（名詞）

kekayaan 財富

kekecéwaan 失望（名詞）

kekurangan 缺乏

kelabu 灰色

kelainan 另類，異常

kelak 以後

kelakuan 行為

kelas 班級，教室

kelebihan 超過、剩餘

kelembaban 潮溼度

keluarga 家庭

kemajuan 進步

kemarahan 憤怒（名詞）

kembali 回

kembali 不客氣！

kembang api 煙火

keméja 襯衫

kemiskinan 貧窮、窮境

kemudi 駕駛

kemungkinan 可能性

kena 碰到，被……到、中

kena sinar matahari 被太陽晒
　　到／晒傷

kenal (mengenal) 認識，認出

kenal 認識

kenalan 相識的人

kenalkan 介紹

kenang-kenangan 回憶

kencang 緊

kencing 撒尿

kenikmatan 享受（名詞）

kepada 致

kepala（校／社／組）長，頭

kepanasan 太熱了、熱著了

keplését 滑倒，不小心滑到

keputusan 決定（名詞）

kerasan 自在、感覺如同自己的
家

kerén 酷

keréta api 火車

kering 乾燥

keringat 汗

kerja 工作的統稱

kerja (mengerjakan) 做

kerusuhan 暴亂

kesabaran 耐心

kesalahan 錯誤

kesan 印象

kesederhanaan 簡單（名詞）

keséhatan 身體狀況

kesempatan 機會

kesenangan 樂趣，所喜愛的

kesenian 藝術

kesepian 寂寞

kesimpulan 結論

kesukaran 難處

kesulitan 難處

ketemu 見人

ketenangan 安靜（名詞）

keterangan 消息

ketinggalan 省略

kewarganegaraan 國籍

kipas angin 風扇

kira (mengira) 認為，以為

kira-kira 大概

kiri 左邊

kirim (mengirim) 寄

kiriman 寄的東西

kita 咱們（包括對話人）

klasik 古典

kode pos 郵遞區號

kolam renang 游泳池

kolonial 殖民（時期）

kontan 現金

koper 箱子（裝行李用）

kopi 咖啡

korék api 火柴

korupsi 貪汙

kosong 空

kota 城市

kotak 盒子

kotor 骯髒

kotoran 灰塵、糞便等使東西變

骯髒的東西

kraton 城堡（爪哇）

kuli 苦力，建築工人

kuliah 大學課程，大學

kulkas 冰箱

kumpul (mengumpulkan) 蒐集

kumpulan 群

kuning 黃

kunjungan 訪問（名詞）

kuno 古老的

kurang sabar 不夠有耐心

kurang 不夠，少

kursi 椅子

kursus inténsif 速成補習班

kursus 補習班

kuték 指甲油

L

ladang 田（無水道），田地

lagi 再，再次

lagu 歌

lahan 土地

lahir 出生

lain 其他，別的，不一樣的

(yang) lain 別的

laki-laki 男性

lalat 蒼蠅

lalu lintas 交通

lalu 然後

lama sekali 很久了

lama 舊，久

lampu 燈

langit 天，天空

langsung 直接

lap 擦布

lapangan 場地，操場，運動場

lapor (melapor) 報告，報導

laporan 報告（名詞）

larang (melarang) 禁止

latih (melatih) 鍛鍊

latihan 鍛鍊（名詞）

laut 海洋

layak 像樣

lébar 寬闊

lebat 茂盛

lebih awal 比較早

lebih baik 比較好

lebih suka 比較喜歡

lebih 更（多）

lekas 馬上，立即

lelucon 玩笑

lemari és 冰箱

lemari 櫃子

lembab 潮溼

lémpar (melémpar) 丟

lepas landas 起飛

léréng 懸崖

letak (meletakkan) 放置

letak 位置

léwat (meléwati) 路過

léwat béa cukai 過海關

léwat 過去，過了，通過

lihat (melihat) 看

lihat (melihat-lihat) 看看，瀏覽

listrik 電

lokét 售票口

losmén 客棧

lowong 空

lowongan 職位空缺

luar biasa 突出，出色，特別

luar negeri 外國

luar 外面

lucu 好笑

ludah 口水

luka 受傷

lulus 通過，及格

lumayan 不是很，挺

lunas (melunasi) 還清（債務）

lunas 付清

lupa 忘記

lurus 直走

lutut 膝蓋

M

maaf? 不好意思？

mabuk 喝醉，暈車

macam apa? 怎樣的？

macam 種（一種、兩種）

macet 堵車，堵住

mahal 貴

mahasiswa 大學生

main 玩，演奏樂器，做運動遊戲

main api 玩火

main mata 眉來眼去

main (memainkan) 演奏

main-main 玩玩，不認真

maju 前進

makan waktu 浪費時間

makan 吃

makanan 食物

maksud 意思

malam 晚上

(jauh) malam　太晚了，太遲

malam ini 今晚

maling 小偷

malu 害羞

mampir 路過停一下，路過停留

mana 哪個

manajemén 管理（名詞）

manajer 經理，管理人

mancanegara 國際（外國的正
式形）

mandi 洗澡

mangga 芒果

manggis 山竹

manis 甜

manusia 人類

marah 生氣

marga 姓

mari kita 我們來……，我們一起

masih 還

masinis 機械師，駕駛火車的人

masuk akal 有道理

masuk 進去，進來，進入（及
物）

masuk angin 著涼

masuk Islam 進入伊斯蘭教

matahari 太陽

matétika 數學

mati 死

mau 想要

méja 桌子

melahirkan 生下

melakukan 做，執行

melambaikan tangan 揮手

melayani 服務

melelahkan 令人累

melémpari 丟向

meletakkan 放置於

meludah 吐口水

meludahi 向……吐口水

melupakan 忘了，忘掉

memaafkan 原諒

memandangi 望著

memandikan 給一個人或動物洗
澡

mémang 的確，本來就是

memasuki 進入（不及物）

memasukkan 裝進

mematikan 熄滅，熄燈，關掉

membosankan 無聊

membuat buking 訂位

membuat-buat 做作

membuking 訂位

mementingkan 注重

memesan 訂，點

memesan tempat 訂位

mempelajari 學習（及物）

memperhatikan 注意（動詞）

memperingati 紀念

memperlihatkan 顯現

memperpanjang 延長（證件效期等）

memuaskan 令人滿足

memutuskan 決定（動詞）

menakutkan 可怕

menarik 吸引，有趣，有吸引力，引人注意

menarik kesimpulan 得出結論

menasihati 給建議

mendasarkan 把基礎放在

mendung 陰天

menekankan 強調

meneliti 研究

menerangkan 解釋

menerbangkan 使飛，吹飛，開飛機

menerjemahkan 翻譯

menertawakan 取笑

mengagétkan 令人受到驚嚇

mengajarkan 教一樣東西

mengaku 自首，自稱

mengalami 體驗（動詞）

mengambil alih 接手，接管

mengecas 充電

mengecéwakan 令人失望

mengembangkan 發展（及物）

mengenai 關於，有關

mengenakan 穿（衣服）

mengepas 使剛好，調整

mengeringkan 弄乾

mengerti 了解

mengesankan 令人印象深刻

mengetahui 知道

menghadapi 面對（及物）

menghargai 欣賞

menghentikan 停止（及物）

menghérankan 使人好奇

menghidupkan 開啓

menghilangkan 弄丟

mengingat 記起來

mengingatkan 提醒

mengisi 充，加，添，填

mengklaim 宣稱，要求，自稱，認領

mengobrol 聊天

mengucapkan 說，表達

mengucapkan selamat 祝

mengucapkan terima kasih atas 對於您的……，我表示感謝

mengucapkan terima kasih kepada 向……表示感謝

mengunjungi 訪問（及物）

mengurangi 減少

mengurusi 管理，照顧

meninggal (dunia) 去世，逝世

menit 分鐘

menjelaskan 解釋

menjijikkan 使人噁心

menjual 賣

menunjukkan 指示

menurut 根據

menyampaikan 傳達

menyarankan 建議

menyebabkan 使，引起

menyedihkan 令人傷心

menyetujui 贊成一件事

menyupir (mengemudi) 駕駛

mérah muda 粉紅色

mérah 紅

merasakan 感覺（及物），品嚐

merayakan 慶祝，祝賀

meréka 他們

merencanakan 計畫（動詞）

mesjid 清眞寺

mesti 一定要

milik 所有、所擁有

milik (memiliki) 擁有

minggu 星期

minta (memintai) 向一個人討東
　西

minta diri 告辭

minta 討，要

minum obat 吃藥

minum 喝

minuman 飲料

mirip 像

miskin 貧窮

mobil 汽車

mobil sédan 小轎車

mogok 故障（汽車）

mu 你的（熟人）

-mu 你的（熟人）

muda 年輕

mudah-mudahan 希望（順利、
　沒事等）

muka 臉

mulai 開始

mungkin 可能

murah 便宜

murid 學生

musim hujan 雨季

musim kering/kemarau 乾季

musim 季節

Muslim 穆斯林，回教徒

N

naik (menaiki) 騎，搭乘

naik 上去，上來，搭（交通工具）

nama baik 名聲，好名聲

nama kecil 名

nama keluarga 姓

nama 名字

namun 然而

nanas 波羅，鳳梨

nangka 波羅蜜

nanti 等一下

nanti malam 今晚

narkotika 毒品

nasi goréng 炒飯

nasi putih 白米

nasi 米飯

nasihat 建議

naskah 稿子，臺詞

ndak 不（爪哇方言影響，非正式）

negara 國家

ngetwit 推特（tweet）

nggak 不（非正式）

nikah 結婚（正式）

nikmat (menikmati) 享受

nilai 分數

nirkabel 無線

nomor 號碼

novel 小說

-nya 他的，你的，那個，這個

nyamuk 蚊子

nyanyi (menyanyi) 唱歌

O

obat nyamuk 驅蚊劑

obat 藥

obat-obat 藥品，毒品

olahraga 運動

oléh karena 由於（某件事）的緣故

oléh 被

oléh-oléh 土產

om 叔叔，伯伯（無血緣）

ombak 海浪

omelét 煎蛋捲

omong kosong 廢話，胡說

ongkos 花費，費用，車費

orang Barat 西方人

orang Muslim 穆斯林，回教徒

orang tua 雙親

orang 人

organisasi 組織

otak 腦袋

P

pacar 男朋友，女朋友

pada dasarnya 基本上

pada 於（時間、日期等）

padi 稻米

pagi 早上

pahit 苦

Pak 先生

pakai (memakai) gula 加糖，要糖

pakai (memakai) 使用，穿（衣服）

pakaian renang 泳裝

pakaian 衣物

pakét 包裹

paksa (memaksa) 強迫

paksaan 強迫

paling baik 最好

paling 最

paman 叔叔，伯伯

pamit 告辭

panas 熱

pancuran 淋浴器

pandai 聰明（天賦）

pandang (memandang) 望

pandangan 眼神

panggil (memanggil) 叫人

panjang 長

pantai 海邊

pantas 難怪，像樣，適合

pantat 屁股

papan jalan 路牌

papan nama 名牌（寫著名字的牌子）

parit 水溝

pas 剛好

pasang (memasang) 安裝

pasar 市場

pasién 病人

pasir 沙

pas-pasan 剛剛好

paspor 護照

pasti 一定

patah hati 心碎

payung 雨傘

pecandu 有（藥／毒／酒）癮的人

pedalaman 偏僻的地方

pedas 辣

pedésaan 鄉村

pegal 酸痛

pegang (memegang) 抓著，抓住

pegawai 員工

pekerja 工人

pekerjaan 工作

pelajar 中學生

pelajaran 課程

pelanggaran 違反（動詞）

pelayan 服務生

peluk (memeluk) 擁抱

pelupa 健忘

pemain bulutangkis 羽球選手 /
玩家

pemain sépak bola 足球選手

pemain voli 排球員

pemain 玩家，演奏人，選手

pemandangan 風景

pembantu 傭人

pembatalan 取消（名詞）

pembayaran 付款

pembicaraan 話題

pembuat 製作人

pembuatan 製作，製造

pemeriksaan 檢查工作

pemilik 擁有人

pemimpin 領導人

penasihat 顧問

pencopét 扒手（正式）

pencuri 小偷

pendaftaran 註冊

pendapat 意見

péndék 短

penelitian 研究（名詞）

penerbangan 航班

penerjemah 翻譯員

pengajaran 授課（名詞）

pengalaman 經驗

pengelola 管理人，管理

pengelolaan 管理（名詞）

pengembangan 發展（名詞）

pengemis 乞丐

pengertian 善解人意

pengetahuan 知識

penghargaan 賞識

pengumuman 公布

pengunjung 訪客，客人，旅客

pengurus 管理人

penjelasan 解釋（名詞）

penolakan 拒絕（名詞）

penonton 觀眾

pénsiun 退休

penting 重要

pentingnya 重要性

penuh sesak 擁擠

penuh 滿

penumpang 乘客

penundaan 延遲（名詞）

penyakit 疾病

peranan 角色

perasaan 感受，感覺（名詞）

perayaan 慶祝（名詞）

perbatasan 邊界，國界

perbédaan 差異

perbuatan 行為

percaya pada 相信……

perempuan 女

perenang 游泳選手，游泳的人

pergi 去

perhatian 注意（名詞）

periksa (memeriksa) 檢查

peristiwa 事件

perjalanan 旅程

perjudian 賭博（名詞）

perkawinan 婚禮

perkembangan 發展（名詞）

perlu 需要，必須

permén 糖果

permintaan 請求

permisi 不好意思（借過）

pernah 有過，曾經

péron 月臺

perpanjangan 延長（名詞），
　延長工作

perpisahan 離別

persediaan 庫存，存有的東西，
　可供應的東西

persénan 小費

persis 恰恰，就是，正好（在他
　前面）

pertama 第一

pertandingan 比賽

pertanian 農業

pertolongan/bantuan 援手，幫
　助（名詞）

pertunjukan 演出

perubahan 更換（名詞）

perusahaan 事業

perusahaan/maskapai pener-
　bangan 航空公司

pesan (memesan) 訂

pesanan 訂的東西

pesawat terbang 飛機

pesawat 飛機

peserta 參加者

pésta 派對，慶祝

petani 農民

petasan 鞭炮

peténis 網球手

petinju 拳擊手

petunjuk 指示

piano 鋼琴

pikir (memikirkan) 想著某件事

pikiran 想法

pilek 感冒

pilih (memilih) 選

pilihan 選擇

pimpin (memimpin) 領導，帶領

pimpinan 領導（名詞）

pinggir 邊，一邊兒

pingsan 昏倒，昏迷

pintu 門

piring 盤子

pisau 刀子

pohon kelapa 椰子樹

pohon 樹

pojok 角落

politik 政治

ponsél 手機

ponsél pintar 智慧型手機

portir 搬運工人

pos 郵政

potong (memotong) 切，切斷

potongan harga 折扣

potongan 切斷的片，片片

prakarsa 主動

pria 男（廁所）

puas 滿足

pucat 臉色蒼白

puisi 詩

pukul 點（時間，比較正式）

pulang 回家、回去

pulang-pergi 往返

pulau 島

pulsa 手機電話費

pun（甚至連……）都

punggung 背後

punya (mempunyai) 擁有（比較
　　正式）

pura 寺（峇里）

puri 城堡（峇里）

pusing 頭暈

putih 白

putra 兒子（受尊敬人的兒子）

R

rajin 勤勞

ramah 友善

ramai 熱鬧

rambu jalan 路牌

rambut 頭髮

ransel 背包

rasa (merasa) 感覺

rasa kagum 欽佩

rasa nikmat 享受（名詞）

rasa 感覺，味道

rasanya 味道

ratus 百

réaksi 反應

rekan 同事

rékening 戶口

rencana 計畫

réwél 麻煩

ribu 千

rindu (merindukan) 想念

rindu 思念

roman 小說

rombongan 團隊

romo 神父

rok 裙子

ruang 室

ruangan 室

ruko (rumah toko) 店屋

rumah sakit 醫院

rumah 家

rupanya 看來，原來

rusak 壞掉，故障

S

saat 時候

sabar 忍耐

sabuk pengaman 安全帶

sabuk uang 錢袋

sah 有效（法律）

saja 而已（放在句末）

sakit 生病，痛

saksi (menyaksikan) 見證

saku 口袋

salah 錯

salam (menyalami) 問好

salam 大家好

sama sekali 完全

sama 一樣

sambal 辣椒醬

sambung (menyambung) 連結
（電話線）

sambungan 連結（動詞）

sambut (menyambut) 迎接

sambutan 迎接（名詞）

sampai 到（完），直到

sampai/tiba 到達，來到

samping 旁邊

sandal jepit 拖鞋

sangat 非常（放在前面）

santan 椰奶

saran 意見，建議

saté 沙爹

satu 一，一個

saudara 您，您的（正式，對於
同年齡人）

saus sambal 辣椒醬

saus tomat 番茄醬

saus 醬

sawah 田（有灌溉的水道）

saya 我

saya/aku 我

sayang sekali! 太可惜了

sayangnya 可惜

se- 一樣的

sebab 因為

sebagai 作為，身為

sebagian 一部分

sebaiknya 應該，最好是

sebelah 隔壁，旁邊

sebelum 之前

sebenarnya 其實

sebentar lagi 再過一會兒

sebentar 一會兒

seberang (menyeberang) 對面，走到對面 / 過（河、馬路等）（menyeberangi）

sebetulnya 其實

sebuah 一個（適用於中形或大型物品）

sebut (menyebutkan) 提到

secara teratur 系統性地

secara 以……的方式

sedang bicara 忙線中，正在說話

sedang keluar 在外面

sederhana 簡單

sedia (menyediakan) 提供

sedih 傷心

sedikit 少

segala-galanya 一切

segera 立即

sehari 一天

sehari-hari 日常，一天一天

séhat 健康

sejak 自從

sejuk 涼快

sejumlah 一些

sekali lagi 再來一次

sekali 非常（放在後面），一次

sekarang 現在

sekolah dasar 小學，國小

sekolah jurusan 職業學校，專校

sekolah menengah 中學，國高中

sekolah 學校

selalu 每次

selam (menyelam) 潛水

selama（時間）以內

selamat pagi 早安

selatan 南

selesai 結束

selimut 被單

seluruh 整

seluruhnya 整個

semangka 西瓜

sembuh 痊癒

sementara 暫時

semoga 希望（順利、沒事等）

sempit 狹窄

semua orang 每個人

semua 所有的

semuanya 全部

semut 螞蟻

semutan（手腳）麻

senang 開心

senang (menyenangkan) 令人
開心

sendiri 自己，一個人

séndok 湯匙

seni 藝術

seorang 一位

sépak bola 足球

sepanjang 沿

separuh 一半（數量用）

sepéda motor 機車，摩托車

sependapat 一樣的意見，同樣
意見，志同道合

seperti 好像，像

sepi 寂寞

sepuluh 十

seratus 一百

serbét 餐巾

seribu 一千

sering 經常

sérius 真的，認真

sesuatu 某樣東西

sesudah itu/selanjutnya 在那之
後

sesudah/setelah 之後

setasiun 火車站

setengah 一半（測量用）

setop! 停！

setuju 贊成

séwa (menyéwa) 租借

siang 中午

siap 準備

siapa lagi? 還有誰？

siapa? 誰？

siar (menyiarkan) 播放

siaran 廣播（名詞）

sibuk 忙，忙線中

sikap 態度

silakan 請（請慢用等）

SIM (surat izin mengemudi) 駕
駛執照

simpan (menyimpan) 收

situ 湖

situasi 情形

soal 問題

sombong 驕傲

soré 下午

studi 課程

suami 丈夫

suasana 氣氛

sudah masuk 包括

sudah waktunya untuk ……的
時候到了

sudah 好了，結束了

sudut 角落

suhu 溫度

suka 喜歡

sukar 難搞，難處理，難纏

suling 笛子

sulit 困難

sumbang (menyumbang) 捐出

sumbangan 捐款（名詞）

sumur 井

sunatan 割包皮

sungai 河

supaya 好讓，令

surat (menyurati) 寫信

surat cinta 情書

surat kabar/koran 報紙

surat keterangan 證明書

surat pengantar 前言

surat tercatat 註冊的信

surat 信

susah 困難

susu kedelai 豆漿

susu sapi 牛奶

susu 奶

susun (menyusun) 布置，整
理，編排

syukurlah! 謝天謝地！

T

tablet 平板電腦

tahan 忍受，忍耐

tahu 知道

tahun 年

tajam 尖，鋒利

tak apa 沒事

tak pandang bulu 不管（是否）

taksi 計程車

takut 害怕

tambah (menambah) 增加

tambahan 附加

tamu 客人

tanah air 祖國

tanah 土，土地

tanda (menandai) 符號，標記

tanda tangan 在某物上簽名或標記

tandatangan 簽名

tangan 手

tanggal 日期

tanpa 無

tante 阿姨（無血緣關係的）

tanya/bertanya 問問題

tanya (menanyakan) 問關於一件事

tapi 但是

tari (menari) 跳舞

tarian 舞蹈

tarif 車費

tarik (menarik) 拉

tari-tarian 所有舞蹈的統稱

taruh (menaruh) 放

tas tangan 手提包

tas 包包

tawar (menawar) 討價還價

tawaran 開價，提案

téh 茶

téken 簽名

telan (menelan) 吞

télépon (menélépon) 打電話，電話

telur dadar 煎蛋

teman/kawan 朋友

témbok 牆壁（磚等）

tempat duduk 座位

tempat mandi/permandian 洗澡的地方

tempat tidur 床

tempat 空間，地方，位

témpo dulu 古早，古時候

temu (menemui) 去見，去會見

temu (menemukan) 發現

tenang 安靜

tengah 中間

ténis 網球

tentang/mengenai 關於

tentu saja 當然

tepat 正是

tepatnya 恰恰，就是

terang 明亮，晴天

terasa 感覺到

teratur 固定

terbang 飛

terbuka 外向

tercinta 親愛的

terdiri dari 由（某些東西）組成

terhadap 對於

terima (menerima) 接受

terima kasih banyak 非常感謝

teringat 想起

terjadi 發生

terjemahan 譯文

terjun 跳水

terkejar 追到了

terkejut 被嚇到

terlalu 太，過於

terlambat 遲到

terlantar 被忽視，流浪

terletak 放在，位置在，置於

termasyhur 偉大

términal (bis) 公車站

ternyata 原來

terpaksa 被強迫

tersenyum 微笑

terserah 隨便

tersesat 迷路

tersinggung 受冒犯

tertarik 感興趣

tertawa 笑

tertelan 不小心吞到，吞到

tertidur 睡著了

tertinggal 遺留，落了，忘了（東西），不小心被留下

tertulis 寫著

terus saja 直走，一直走

terus terang 直率

terus-menerus 連續

terutama 尤其

tetangga 鄰居

tetap 仍然，永久，固定

tetapi 但是（正式）

tiap 每

tiba-tiba 突然間

tidak apa-apa 沒事

tidak begitu 不夠

tidak tertahan lagi 忍不住

tidak 不

tidak... lagi 不再……了

tidur 睡覺

(sudah) tidur 睡了

tikét（飛機）票

Timur Tengah 中東

timur 東

tinggal (meninggalkan) 留下

tinggal 住在，留下，剩下

tinju 拳擊

tip 小費

tiru (meniru) 模仿

tiruan 仿製品

tiup (meniup) 吹

toko 店

tolak (menolak) 拒絕

tolong (menolong) 幫助，救命

tomat 番茄

tonton (menonton) 觀看，收看

topi 帽子

travel 城際小巴士

tua 老

tuduh (menuduh) 控，告（動詞）

tuduhan 指控（名詞）

tugu 碑

tukang judi 賭徒

tukar (menukar) 交換

tulang 骨頭

tulis (menulis) 寫

tulisan 字

tumpuk (menumpuk) 堆起來

tumpuk 堆

tunangan 訂婚

tunda (menunda) 延遲

tunggu (menunggu) 看（門、小孩）

tunggu (menunggu) 等待

tunjuk (menunjuk) 指

turis ransel 背包客

turun (menurun) 降落，減少

turun 下去，下來

turut berduka cita 表示哀悼

tutup (menutup) 關上，關閉

tutup 關了，關店，關門

U

uang kecil 零錢

uang muka 首付

uang pas 剛好額數的錢

uang saku 零用錢

uang 錢

ubah (mengubah) 改變，變，變更（及物）

ucapan 所說的話，所表達的事

ujian 考試

ukuran 大小

(hari) ulang tahun 生日

umum 一般

umumnya 一般上

umur 歲

univérsitas 大學

untuk informasi 供你參考

untuk 為了

upacara 儀式

urus (mengurus) 處理

urusan 事（有點事）

utama 首，重要，主要

utara 北

V

visa 簽證

(bola) voli 排球

W

wajah 臉，臉面

wakil 副，代表

waktu 時間

waktu/ketika 時候

walaupun 雖然

wanita 女性

warganegara 國籍

warna 顏色

warnét 網咖

warung internét 網咖

warung 小販，小店鋪

wastafel 洗手盆

wayang kulit 影子皮偶戲

WC 廁所

wisata tamasya 出遊

Y

yang berikut 下一個

yang lalu 過去的

yang terakhir 最後的

yang 關係代名詞：對人，對物

國家圖書館出版品預行編目資料

100字說印尼語／Stuart Robson, Julian
Millie著；王耀仟譯. -- 初版. -- 臺北市：
五南, 2017.09
　　面；　公分
譯自：Instant Indonesian
ISBN 978-957-11-9370-0（平裝）

1.印尼語 2.詞彙

803.9112　　　　　　　　106014797

1X0G

100字說印尼語

作　　　者 ― Stuart Robson、Julian Millie

修 訂 者 ― Katherine Davidsen

譯　　　者 ― 王耀仟

發 行 人 ― 楊榮川

總 經 理 ― 楊士清

副總編輯 ― 黃文瓊

主　　　編 ― 朱曉蘋

編　　　輯 ― 吳雨潔

封面設計 ― 姚孝慈、陳亭安

出 版 者 ― 五南圖書出版股份有限公司

地　　　址：106台北市大安區和平東路二段339號4樓

電　　　話：(02)2705-5066　　傳　　真：(02)2706-6100

網　　　址：http://www.wunan.com.tw

電子郵件：wunan@wunan.com.tw

劃撥帳號：01068953

戶　　　名：五南圖書出版股份有限公司

法律顧問　林勝安律師事務所　林勝安律師

出版日期　2017年9月初版一刷

定　　　價　新臺幣200元